KB275269

걷는 자의 기쁨

그 두 번째 이야기

걷는 자의 기쁨

그 두 번째 이야기

자유여행가
박성기가 걸은
한국의 명품길

글·사진 박성기

마인드큐브

추천사

길과 함께 인간이고 인생입니다

———

사람은 애당초 서 있는 짐승이었고 걷는 동물이었습니다. 서 있을 수 있고 걸을 수 있는 것부터 축복이고 기쁨이고 고마움입니다. 사람이 걷는다는 것은 살아 있다는 뜻이고 어딘가를 간다는 뜻이고 무엇인가를 열심히 한다는 뜻입니다. 그야말로 생명 현상 그 자체이지요. 태초부터 인간은 길을 걸으면서 무언가를 보았고, 들었고, 그리고 생각했고, 새로운 세상을 꿈꿨습니다. 무릇 예술이나 사상, 학문, 역사, 철학은 길 위에서 태어났다고 해도 과언이 아닙니다. 길과 함께 인간이고 인생입니다. 탐험이니 발견은 더 말할 것도 없는 일입니다. 여기, '걷는 기쁨'의 저자 박성기 선생이 두번째 '걷는 기쁨'을 낸다고 합니다. 분명 그 안엔 낭만이 있고, 설렘이 있고, 발견이 있고… 또 무엇이 있을까요? 그렇지요. 그분의 뜨거운 세상 사랑의 숨결이 있을 것입니다. 사는 일이 찌뿌둥하고 인생이 부질없다 싶으면 이 책을 읽으면서 소소한 삶의 기쁨을 통해 커다란 생명의 강물을 경험해보시기 바랍니다. 저 자신 그래 보려고 합니다.

- 나태주 (시인)

머리말

걸음이 머문 자리에서

———

길은 언제나 나보다 먼저 와 있었다.

그저 내게 채근하지 않고 기다려주었다. 마치 오래전부터 내 걸음을 기다려온 듯, 언제나 그 자리에 있었다. 그러다 도반이 지나간 자리 위에 내 발걸음을 얹으면, 그것이 나의 길이 되고 나의 이야기가 되었다. 그렇게 계절이 덧입혀지고 글이 되었다.

겨우내 굳어 있던 땅을 비집고 막 돋아오르는 연록의 들풀이 바람에 몸을 눕히며 내게 인사를 건넨다. 간혹 부드럽고 따뜻한 바람에 제철을 잊고 먼저 나온 녀석들은 아직도 추운지 부르르 떤다. 하지만 어느새 이마를 간지럽히고 마음을 녹인다. 봄은 그렇게 불쑥 다가와 가만히 속삭인다.

여름, 뜨거운 햇살이 어깨를 눌렀고 굵은 빗줄기가 발걸음을 붙들었다. 땀과 빗물 속에서 길은 오히려 선명해졌다. 더위에 지치고 발걸음이 천근만근일 때, 나는 오롯이 길과 하나가 되는 몰입의 순간을 만났다.

가을, 속절없이 떨어진 낙엽은 발걸음에 채여 바스락거렸다. 붉게 물든 단풍이 가득하다가도 우수수 떨어져 앙상한 가지에 몇 장의 잎만 남았다. 가득할 때와는 다른, 비어감과 사라짐 속에서도 아름다움이 있다는 사실을 배웠다. 산사의 고요한 마당과 낡은 돌다리는 내 마음을 멈추게 했고, 나를 돌아보는 성찰의 길로 이끌었다.

겨울에 이르러 길은 고요 속에 잠겼다. 하얀 눈발이 숲을 덮고, 발자국만이 존재를 증명했다. 살을 에며 옷깃을 파고드는 차가움은 날카로웠으나 마음은 오히려 맑아졌다. 잎을 모두 내려놓은 나목은 다시 돌아올 봄을 준비했다. 모든 것이 멈춰 있는 듯 보였지만, 그 속에서 새로운 생명을 맞이하기 위한 부단한 움직임이 있었다.

세상은 이렇게 윤회하고, 길은 여전히 그 자리에 있었다.

걷는 동안 수많은 사람을 만났다. 산골 마을의 노인이 건넨 따뜻한 미소와 수박 한 조각, 걷는 모습만으로도 생기가 넘쳤던 젊은 여행자의 눈빛, 한적한 시골 장터에서 나누었던 짧은 대화와 향긋한 국밥 한 그릇까지⋯. 모든 것이 길의 일부가 되어 내 안으로 들어왔다. 함께 걸으며 만나고 헤어졌던 스쳐 간 인연들이 나의 여정을 빛내주었고, 때론 지친 마음을 다독여주었다.

길은 내게 묻지 않았다. 그저 묵묵히 기다렸을 뿐이다. 그러나 그 길 위에서 나는 조금씩 삶을 배워갔다. 시간은 흐르고 풍경도 바뀌었지만, 길은 변하지 않았다. 내 발걸음은 과거와 현재가 맞닿았

고, 나와 자연이 하나가 되었으며, 길 위의 순간들은 이야기로 엮여
갔다.

이 책은 그렇게 걸어온 흔적을 모은 작은 기록이다. 나의 것이기
보다는 계절이 남겨준 빛깔이며, 길 위에서 만난 사람들과 풍경이
남겨준 목소리다. 언젠가 다시 길 위에 설 누군가에게, 이 기록이
잠시 쉬어가는 벤치가 되고, 다시 일어설 작은 힘이 되기를 바란다.

2025년 가을이 바람결에 묻어오는 계절에.
박성기

Contents

1월

너는 눈보라 속으로 걸어 들어가고

은빛 설산속으로 천년의 시간을 걷다

– 강원 태백 함백산 산행

- **출발지 주소** 강원도 정선군 고한읍 고한리 산 215-3 만항재
- **걷는 거리** 9km
- **소요시간** 4시간
- **걷기 포인트** 눈덮힌 함백산 주목을 보며 걷는 길
- **난이도** 중
- **걷는 구간** 만항재~창옥봉~함백산 기원단~함백산~중함백~적조암~정암사

기원단에서 바라본 함백산 풍경

하늘이 칠흑같이 캄캄하다. 아직 여명조차 들지 않은 이른 새벽 만항재로 향했다. 온통 하얀 눈 쌓인 산에 첫발을 디디려 새벽 다섯 시에 나선 길, 만항재 오르는 길은 벌써 염화칼슘을 뿌리고 눈 치우는 차가 지나간다. 염화칼슘과 섞여 아직 녹지 않고 부석대는 눈길을 택시는 살금살금 눈 내린 만항재로 올랐다.

만항재는 우리나라에서 차로 갈 수 있는 가장 높은 높이인 1330미터에 있다. 영월에서 속초까지 걷는 운탄고도의 기준이 되는 가장 높은 위치에 있어 운탄고도의 이름도 운탄고도 1330이다. 즉, 만항재가 운탄고도의 좌표가 되는 셈이다. 운탄고도는 석탄을 나르기 위한 고지대에 만든 길이다. 과거 산업화의 첨병이었지만 지금은 역사의 일부로 존재하고 그 길은 걷는 이들의 차지가 되었다.

별빛이 닿지 않은 새벽, 만항재에 오르다

눈길에 내려앉은 박명(薄明)은 숨을 죽인 호수처럼 잔잔했다. 새벽 어섯 시, 발목을 파고드는 눈의 속삭임 속으로 첫발을 내디뎠다. 눈을 밟을 때마다 느껴지는 막 쌓인 눈의 부드러움에 몸은 더욱 깃털처럼 가벼워진다. 나무들은 무거운 눈을 얹어 지붕을 이룬 채 부러질 듯 휘었다. 걷다가 스치는 기척마다 소리를 내며 흰 숨결을 쏟아냈다. 산을 오르면서도 도무지 힘든 줄 모르겠다. 내리는 눈이 길동무가 되어 발걸음마다 환호를 보냈기 때문이다.

함백산 기원단에서 올린 기도

날이 밝자 산과 하늘의 경계조차 순백으로 온 천지가 하얗다. 발목 깊이 빠지는 눈길, 나뭇가지마다 수북이 쌓인 눈을 헤치며 가니 시간이 더디다. 창옥봉을 지나 기원단(祈願壇)에 이르자 함백산은 내내 구름에 가려 제 모습을 보여주지 않다가 비로소 구름 틈새로 살짝살짝 얼굴을 보여주곤 한다.

먼 옛날 백성들이 하늘에 제를 올리고 소원을 빌던 그 제단 위에, 싸간 음식을 정성스레 올렸다. 내가 아는 모든 이들의 행복을 기원했다. 온전히 하얀 세상에 올린 소망은 함백산을 넘어 저 하늘에도 닿으리라

너덜지대를 지나며 가파르게 함백산을 오른다. 거친 숨소리로 힘겹게 내딛는 걸음은 정상에 다가설수록 기대를 부풀게 한다. 두터운 겉옷은 땀이 차올라 귀찮다. 가파른 산길을 턱밑까지 오른 숨을 몰아쉬고 오르니 정상이다.

함백은 온통 희어서 함백(咸白)이던가. 사람들이 눈 내린 함백산을 겨울 산의 으뜸으로 치는 이유가 이름 안에 포함된 것 같다. 어떤 이들은 소백과 태백의 모든 것을 가진 산이 함백이라 했는데 나도 그 의견에 동의한다.

두보가 태산에 올라 뭇 산이 발

창옥봉의 기원단

아래 있음을 노래한 것이 바로 이 기분이리라.

會當凌絶頂 一覽衆山小(회당릉절정 일람중산소)
내 반드시 정상에 올라 뭇 산들의 자그마함을 굽어보리라!

- 두보(杜甫)의 망악(望岳)

주목, 눈꽃이 피다

바람은 오랫동안 정상에 서 있게 하지 않는다. 땀 찼던 등골은
어느새 식어 다시 중함백산을 향해 길을 잡았다.

살아 천년 죽어서 천년을 간다는 주목(朱木)은 함백산을 넘으면서부터 가득하다. 살아서 웅장한 태를 보였을 주목은 죽어 고목이 되어도 단단한 천년의 모습으로 반긴다. 비틀어지고 속이 텅 비었어도 도도한 시간을 함께했을 벅찬 광경에 가슴이 메어온다. 아주 먼 옛적 선인은 어느 순간 같은 나무를 똑같은 감정으로 지켜보며 무슨 생각을 했을까? 오랜 풍상의 세월을 버틴 주목에 경의를 표한다.

주목은 중함백산으로 가는 내내 온 산에 가득하다. 태백산의 주목이 유명하다지만 함백산의 주목에 비하면 덜하다는 생각을 해본다. 나무의 크기도 그렇거니와 군락을 이루어 제각각 다양한 모습으로 길목을 지키며 걷는 이들에게 아름다움을 전하는 모습은 다른 곳의 주목과 비교를 불허한다. 특히 이렇게 하얀 눈을 가득 이고 눈꽃으로 피어난 주목은 글로는 표현 불가하다.

천지가 눈에 갇히다

중함백을 넘었다. 일찍 출발해 아무도 없던 길에는 벌써 마주 오는 사람들로 붐비기 시작한다. 오는 사람들이다. 마주칠 때마다 인사를 나누는데 점점 많아지니 일찍 출발해 오롯이 함백산 설화를 먼저 본 것이 다행이다.

샘터삼거리다. 계속해 나가면 은대봉을 넘어 두문동재로 가는 길이다. 두문동재를 넘으면 야생화가 지천인 분주령이고 금대봉 인데 지금은 겨울이기에 봄을 기약한다. 샘터삼거리에서 좌측 적 조암 방향으로 길을 잡았다. 초반은 완만하게 내려가다 경사가 점 점 급해진다. 아이젠을 착용했지만 미끄러운 눈길이라 조심스럽 다. 발에 힘이 들어가고 눈이 자꾸 아이젠에 붙어 털어내며 가니 더 힘이 든다. 적조암 삼거리를 지나 적조암 입구 차도까지 내려왔다. 아침 오르던 차도다. 눈은 벌써 녹아 언제 그랬냐는 듯 말끔하다.

정암사로 향했다. 네 시가 넘어간다. 조금 있으면 해가 떨어지기 에 서두르기로 했다. 구름이 걷히고 맑은 하늘이 조금씩 모습을 드 러낸다. 정암사 일주문을 들어섰다. 다리가 아파 육화정사 한쪽 귀 퉁이에 앉아 있다가 적멸보궁과 수마노탑을 보기 위해 자리에서 털고 일어났다.

정암사는 오대 적멸보궁의 하나로 부처님의 진신사리를 모셔놓 은 곳이다. 양산 통도사, 오대산 상원사, 설악산 봉정암, 영월의 법 흥사, 그리고 이곳 정암사 적멸보궁까지를 오대 적멸보궁이라 부 른다. 적멸보궁은 불전에 따로 불상을 봉안하지 않고 불단만 있다. 석가모니 부처의 진신을 봉안한 탑이 곧 법신불로 적멸보궁 뒤 산 중턱 해발 약 1400미터 함백산 자락에 상주하고 있다. 바로 수마 노탑(水瑪瑙塔)이다. 수마노탑은 신라 자장율사가 서역에서 가져 온 마노석(瑪瑙石)으로 탑을 쌓아서 마노탑이다. 수마노는 불가의

부처님 진신사리를 모신 정암사 수마노탑

보석인 마노(瑪瑙)에서 비롯된 말로, 수(水)는 신비로운 물성을 가진 마노를 가리킨다.

이 탑은 일반적인 탑과 달리 벽돌을 쌓은 전탑처럼 보이지만 실제로는 돌을 벽돌 모양으로 가공하여 쌓은 것으로 모양이 정교하고 참 아름답다.

걷기를 마친 이들이 봄, 여름, 가을, 겨울 어느 계절에 오든 고요한 산사에서 짓눌린 무거운 마음의 짐을 내려놓고 마음을 다스린다면 이만한 기쁨이 또 어디 있을까.

해도 뜨지 않은 이른 새벽에 출발해 마음껏 설화를 보고, 상상의 향을 느끼고, 만지고, 먹어보는 오감의 걷기를 했다. 기원단에 올

라 제사도 지내고 온통 희어서 함백인 함백산의 겨울도 제대로 만
끽했다. 함백산에 봄, 여름, 가을에도 왔지만 역시 함백산은 겨울이
제대로였다. 주목에 가득한 눈꽃을 보고 싶다면 겨울 함백산을 추
천한다.

바람의 길목에서 마주한 눈꽃마을길

– 대관령 눈꽃마을길

- **출발지 주소** 강원도 평창군 대관령면 차항리 125-2 황병산 사냥
- **걷는 거리** 10km
- **소요시간** 5시간
- **걷기 포인트** 대관령 눈꽃마을길과 풍차
- **난이도** 중상
- **걷는 구간** 황병산 사냥민속놀이 보존회~대관령 사파리목장~1100미터 풍차

푸른 하늘은 새하얀 솜털을 흩뿌리며 잔잔한 파문을 일으켰다. 눈앞에 펼쳐진 산은 드넓은 목초지로 변해 있었다. 목초지의 풀들은 바람의 길을 따라 이리저리 요란하게 휘날렸고, 길가의 억새는 거센 바람에도 고개를 숙일지언정 꺾이지 않았다.

대관령, 바람의 흔적을 품다

—

바람은 거센 파도와 함께 동해바다를 건너왔다. 한달음에 대관령(大關嶺) 고갯마루를 넘은 바람은 산맥의 능선을 타고 눈발을 말아 올리며 살을 에는 차가움을 동반하였다. 바람은 그저 차갑기만 하지 않다. 바람은 이곳 눈꽃마을길 앞까지 왔다. 대관령 소리를 얼려버릴 듯 귓가를 윙윙대며 대관령을 내달려왔다.

대관령은 횡계에서 강릉으로 넘어가는 고갯길로, 영남과 영동, 영서를 가르는 기점이 된다. 조선 중종 때 강원도 관찰사였던 고형산은 험난한 길을 포장해 우마차가 다닐 수 있도록 길을 넓혀 강릉에서 한양 가는 길이 한결 편해졌지만, 아이러니하게도 이 일로 인해 인조 때 그의 묘가 파헤쳐지는 부관참시를 당하기도 했다. 병자호란 당시 확장된 도로 때문에 한양이 빠르게 점령당했다는 이유에서였다.

가장 춥고, 가장 늦게 눈이 녹는 곳 차항리

—

대관령 서쪽에 자리한 차항리는 해발 700미터 이상의 고원지대로 눈이 가장 먼저 내리고 가장 늦게 녹는 추운 곳이다. 산행을 시작하기 위해 차항리에 도착했다. 차에서 내리는 순간 귀를 에는 추위는 겹겹이 껴입은 옷을 소용없게 만들었다.

산행은 '황병산 사냥민속놀이 보존회'에서 시작되었다. 무형문화재 19호로 지정된 황병산 사냥민속놀이는 1미터 이상 눈이 쌓여야만 즐길 수 있는 겨울철 놀이이기에 이곳 차항리가 '눈꽃마을'이라는 이름이 실감 났다. 체감온도 영하 20도가 넘는 강추위에 눈만 빼꼼 내놓고 완전무장을 했다. 옆에서 도반이 곰 같다고 놀려대며 웃는다.

매서운 바람, 뾰족한 역고드름

—

눈꽃마을 사람들이 쌓은 소원탑을 뒤로하고 잠시 오르자 영화 세트장이 나타났다. 영화 〈마지막 위안부〉 촬영 세트장이다. 세트장을 뒤로하고 삼십여 분을 올라 능선길에 접어들었다. 세찬 바람이 온몸을 휘감아 발걸음이 더디다. 발을 옮기기에도 힘든 이렇게 차고 거센 바람은 정말 오랜만이다. 옷 틈으로 들어오는 한기에 옷을 여몄다.

날카로운 것으로 찌르는 듯한 통증도 잠시, 추위를 느낄 겨를도

곧추선 역고드름

없이 펼쳐진 길에 빠져들었다. 시리도록 푸른 하늘과 풍차를 품은 넓은 언덕, 바람에 고개를 숙이는 풀들의 조화가 아름다웠기 때문이다. 산을 타 넘은 바람은 풍차의 바람개비를 돌리고….

푸른 하늘을 배경 삼아 하얀 풍차가 참 멋드러진다.

대관령의 매서운 추위는 뾰족하게 솟아오르는 역고드름을 만들었다. 발에 밟히며 우두둑 산산이 부숴지는 소리가 바람소리와 어우려져 능선길을 걷는 사람의 마음에 묘한 운율을 준다.

사파리목장 전망대에 도착했다. 바람이 더욱 거세게 불어댔지만, 이제는 오히려 즐겁고 청량하기까지 하다. 윙윙 울어대는 바람에 동해바다의 짠 맛이 느껴진다. 이 바람이 먼바다에서 대관령을 넘었기에 느껴지는 탓일까. 바람은 바다를 싣고 왔다.

푸르다 못해 시퍼런 깊은 하늘과 하얀 솜털구름이 극명한 대조를 이루며 세상을 더욱 투명하게 만들었다.

황병산을 벗 삼아 걷는 길

—

사파리목장을 지나는데 구제역 때문에 목장 출입을 금한다는 경고문구가 긴장감을 자아냈다. 일 년 전에도 붙어있던 것이어서 지금은 괜찮을 텐데도 저리 경고문구를 붙여놓은 걸 보면 사람들의 출입이 귀찮은 탓인 듯했다.

나는 목장으로 들어가지 않고 목장옆 철책을 따라 산을 오르기 시작했다. 사파리목장이 해발 950미터이니, 오늘 가장 높은 곳에 위치한 풍차를 보기 위해서는 150미터를 더 올라가야 했다. 가파르지는 않으나 오르막이라 조금 힘들다. 길을 시작하면서부터 내내 황병산을 바라보며 걸었다. 청명한 날씨 덕분에 아주 가깝게 눈앞에 다가와 있었다.

해발 1100미터 고도에 있는 풍차를 기점으로 돌아오면 황병산을 등 뒤로 두고 걷게 된다. 아침부터 시원찮던 무릎이 아파와 고통스럽다. 찬바람은 매정하게 내 등을 떠밀고, 잠시라도 쉴라치면 땀이 식어 어김없이 길을 재촉하게 만들었다.

추워도 행복한 길

풍차는 쉬잉- 쉬잉- 요란한 소리를 내며 돌아가고 있었다. 풍차가 돌아가는 모습을 보다가 거대한 풍차의 날개가 내 위로 내려오면 현기증을 느끼며 이내 눈을 감았다. 괜히 가슴도 서늘해졌다. 바람은 사정없이 나를 휘갈겼다. 두 겹으로 눈만 내놓고 얼굴을 감쌌는데도 얼굴도 시리고 손도 감각이 무뎌진다. 많이 춥지만, 행복했다. 세상의 모든 것을 다 가진 것처럼 이곳에서 계속 머물고 싶은 충동이 일었다. 그러나 현실은 몸이 꽁꽁 어는 강추위라 잠시라도 멈추지 않고 부단히 움직여야 했다. 체감온도는 영하 25도쯤으로 느껴졌다. 올해 들어 처음 맞이하는 강추위였다. 해가 짧아져서 더 늦출 수도 없다. 지금부터 서둘러도 다섯 시에 임박해서야 하산할 것 같았다. 아쉬운 마음을 뒤로하고 하산을 시작했다.

대관령은 예로부터 바람이 많고 기온도 낮아 한겨울 황태를 말리는 덕장이 유명하다. 시래기 또한 유명한데, 이 모든 것이 다 바람 덕분이다.

쨍한 겨울속 얼음 강을 걷다

– 철원 한탄강 물윗길 트래킹

- **출발지 주소** 강원도 철원군 동송읍 장흥리 725 직탕폭포
- **걷는 거리** 9km
- **소요시간** 4시간
- **걷기 포인트** 얼음강을 걸으며 지질트래킹을 즐기다
- **난이도** 하
- **걷는 구간** 직탕폭포~태봉대교~송대소~승일교~고석정~순담계곡

고석바위

철원은 남과 북의 긴장이 흐르는 최전방이면서도, 동시에 빼어난 자연경관과 아픈 역사를 품고 있다. 철마가 닿지 못하는 월정리역, 남과 북의 비극을 증언하는 노동당사, 그리고 도피안사의 국보 철조비로자나불좌상이 철원의 깊이를 더한다. 본래 남과 북을 잇는 교통의 요지였던 철원은 한국전쟁으로 인해 옛 영화는 뒤안길로 사라졌지만, 그 자취는 여전히 남아 과거의 역사가 대단했음을 말해준다.

매년 1월이면 철원의 한탄강은 거대한 얼음길로 변신한다. 직탕폭포에서 고석정까지, 꽁꽁 얼어붙은 강 위를 걷는 얼음 트래킹 축제가 열리는 것이다. 한겨울 얼음 강을 걷는 이색적인 경험은 이제 전국 각지에서 많은 도보객들을 불러 모으는 철원의 대표 축제가 되었다.

온난화로 인해 예전 땡땡 얼었던 겨울의 모습은 옅어졌지만 철원은 여전히 가장 추운 곳중 하나다.

거대한 얼음벽, 직탕폭포

———

며칠간 영하 20도를 넘나드는 강추위가 이어지더니, 트래킹 당일은 날씨가 풀려 오히려 포근하게 느껴졌다. 아침 일찍, 트래킹의 시작점인 직탕폭포에 도착하니 벌써부터 얼음 트래킹을 즐기려는 이들로 분주하다.

얼어버린 직탕폭포

한탄강은 북한 땅인 황해도 평강에서 발원해 철원 용암대지를 가로질러 수평으로 넓이 80미터의 직탕폭포에서 하얀 포말을 뿜어내며 아래로 곤두박질한다. 그 모습이 흡사 나이아가라 폭포를 닮았다 하여, '한국의 나이아가라'라는 애칭이 붙기도 하였다. 옆으로 새지 않고 비류직하 떨어져 내리니 이름 또한 직탕이다. 강추위는, 떨어지는 물줄기를 그대로 거대한 얼음벽으로 만들어 버린다. 아주 추운 강추위가 여러 날이 되면 직탕은 그대로 얼음벽이 되는데 온난화로 예전만 못해 안타깝다. 그러나 해마다 겨울이면 찾는 직탕폭포는 항상 새로운 모습으로 나를 반긴다.

태봉대교: 본격적인 얼음 트래킹의 서막

—

직탕폭포에서 아래로 600여 미터를 내려가면 태봉대교다. 태봉대교는 철제다리다. 궁예의 태봉국에서 유래한 이름을 갖고 있다. 다리 중간에는 번지점프대가 있어서 걷는 이들을 유혹한다.

이 구간은 바위가 많고 물살이 거세 얼음이 두껍게 얼지 않은 곳이 많아 발걸음에 더욱 신경 써야 했다. 군데군데 얼음 사이 사이로 강물이 살아 숨 쉬는 듯한 구멍들이 보여 자연의 신비로움을 더한다.

태봉대교에 이르면 강폭은 넓어지고 강물은 꽁꽁 얼어붙어, 비로소 본격적인 얼음 트래킹이 시작된다. 얼음 트래킹 축제의 공식 시작점이 바로 이곳 태봉대교라고 하니, 그만큼 안전하고 걷기 좋은 구간임을 짐작할 수 있다. 날이 춥지 않으면 강이 얼지 않아서 강으로 들어가지 못하고 물윗길(부표길)로 걷지만 추운 날이 계속되어 강이 얼어붙으면, 강을 따라서 강 위를 걸을 수도 있다.

송대소와 웅장한 주상절리: 자연이 빚은 예술

—

태봉대교를 출발해 1km를 더 강을 따라 걸어 굽이굽이 돌아가면 송대소에 도착한다. 송대소는 기기묘묘한 주상절리가 현무암 지대와 어우러져 압도적인 장관을 이루는 곳이다. 강의 물줄기가

송대소의 주상절리

송대소

급격하게 꺾이는 지형적 특성으로 인해 침식을 통해 협곡이 형성되었다. 주상절리(柱狀節理)는 화산 폭발 후 분출된 뜨거운 용암이 흘러내려 식을 때 수축하며 돌기둥 모양으로 갈라지면서 생긴 자연의 경이로운 작품이다.

한탄강은 이곳 송대소에서 급격히 방향을 바꾸어 돌아나간다. 물살이 휘돌아 나가는 송대소는 바닥이 직각으로 꺾여 그 깊이를 알 수 없을 정도로 깊다 했다. '명주실 한 타래를 다 풀어도 그 끝이 닿지 않는다'는 전설이 있을 정도로 깊은 곳이 바로 송대소이니, 그 심연은 30미터가 넘는다. 오랜 세월은 바위에 색을 입혀 주상절리 기둥은 금방이라도 산산이 조각나 쏟아져 내릴 것 같은 환상에 빠져들게 한다.

남과 북이 함께 만든 다리 승일교

강이 넓게 얼어붙은 곳에서는 마음껏 거닐 수 있었으나, 바위가 많고 물살이 센 경사진 곳들은 강 가장자리를 조심스레 지나갔다. 1.2km를 걸어 화강암의 널따란 마당바위 쉼터를 지났다. 이곳은 여름철 래프팅을 즐기며 쉬어가던 곳인데, 겨울에는 완전히 다른 느낌을 선사한다. 강 위를 이어나가 2km를 더 걸어 승일교에 도착했다.

승일교 아래에서는 곧 있을 얼음 트래킹 행사를 위해 '겨울왕국'을 조성하느라 한창 분주했다. 눈 만드는 기계인 스노우토크가 여러 대 쉬지 않고 눈을 만들어내고 있고, 승일교 남쪽 절벽에는 물을 뿌려 거대한 얼음벽을 만들었다. 사람들은 빙벽에 몸을 붙여 마음

승일교

껏 빙벽 등반을 즐기고 있다. 승일교는 6.25 전쟁 이후 북한이 먼저 건설을 시작했으나 완공하지 못하고 철원 수복 후 남한이 이어받아 완성했다. 북한 쪽 반은 김일성의 '일'과 남한 쪽 반은 이승만의 '승'을 넣어 이름을 승일교라 하였다. 밑에서 올려다보면 승일교 다리의 양식이 달라 가운데를 두고 구분이 확연하다. 남북 분단의 아픔과 동시에 화합의 염원을 담고 있는 다리이다.

지금은 차는 못 다니고 사람만이 건너는 다리로 새로운 다리는 바로 옆의 한탄대교다.

임꺽정의 전설이 깃든 고석정

고석정(孤石亭) 앞에 도착했다. 5~6월이 되면 주변이 약 7만평에 이르는 거대한 꽃밭이 된다. 각설하고 강을 가르며 우뚝 솟아 있는

고석바위

고석바위 아래 큰 바위의 얼굴

고석바위를 강 위에서 바라보니 더욱 압도적인 위압감이 든다. 이곳은 조선 명종 때 의적 임꺽정이 숨어 지내며 활동했다는 전설이 깃든 곳이다. 마치 임꺽정이 숨어 지내던 고석바위 큰 구멍에서 나와 다시 세상을 호령하는 듯한 기운이 느껴진다. 잠시 바위를 바라보며 상념에 잠겼다. 고석바위를 지나다 보면 고석바위 한쪽이 큰 바위의 얼굴형상이다. 임꺽정의 모습이 저럴까 상상하면서 새심히 살핀다.

고석바위를 지나 이어진 부교 위를 500여 미터 걸어가니 도피안사 방향에서 흘러오는 대교천이 한탄강과 합수하여 더욱 큰 물길을 이룬다. 햇빛에 반사되어 넘실대는 물빛이 눈을 간지럽히며 아름다운 풍경을 선사했다.

철원 겨울 절경의 대미, 순담계곡

합수 지점을 지나 1.2km를 더 걸어 드디어 종착지인 순담계곡(蓴潭溪谷)에 도착했다.

순담계곡(蓴潭溪谷)은 조선 순조 때의 영의정 김관주가 작은 못을 파고 제천 의림지에서 가져온 순채를 심었다. 순채가 물 위에 비단처럼 퍼지자 사람들은 그 못을 '순담'이라 불렀고, 결국 그 곁을 흐르는 계곡까지 같은 이름을 얻었다는 데서 이름이 유래되었다.

대교천과 한탄강이 합수하여 더 커진 물살이 순담에 이르러 크게 굽이치며 깊은 협곡을 만들었다. 만물상을 표현하는 듯한 기암

순담계곡

괴석들과 급전직하로 깎아지는 듯한 숨 막히는 적벽은 철원 얼음 트래킹의 대미를 장식하기에 충분했다. 철원의 9경 중 으뜸으로 꼽히는 순담계곡은 한겨울 한탄강의 절경을 온전히 보여주며 트래킹의 마지막을 장식하였다.

아침부터 이어오던 얼음 트래킹 8.5km라는 길지 않은 거리였지만, 얼음 위를 걷고, 바위 지대를 지나고, 웅장한 절경에 넋을 잃고 발걸음을 멈추다 보니 많은 시간이 흘러갔다. 해가 산 너머로 넘어가며 어둑해지려는 시간, 검은 바위에 부딪히는 순담계곡의 물소리는 한겨울 한탄강의 정취를 더해주는 듯했다.

한탄강 얼음강 트래킹은 단순한 걷기를 넘어, 철원의 자연과 땅의 역사를 온몸으로 느끼는 귀중한 길이다. 얼어붙은 강 위를 건너며, 나는 얼음 아래로 도도히 흐르는 물처럼 눈에 보이지 않는 시간과 역사, 사람들의 숨결을 발끝으로 더듬어 읽었다.

얼음은 언젠가 녹아 흘러갈지라도, 그 위를 걸었던 기억만은 내 안에서 오래도록 얼음처럼 반짝일 것이다.

2월
아름다운 길이 온통 시가 될까 봐

겨울의 끝자락에서 봄길을 걷다

– 강화도 마니산 트래킹

- **출발지 주소** 인천 강화군 화도면 상방 398
- **걷는 거리** 6.5km
- **소요시간** 4시간
- **걷기 포인트** 마니산 관광안내소에서 마니산 정상을 찍고 함허동천으로 내려가는 코스
- **난이도** 중상
- **걷는 구간** 마니산 관광안내소~마니산 첨성대~암릉구간~함허동천

흥왕리 벌판과 서해바다

겨울 끝자락, 봄의 초입에서 마니산을 오르다

—

강화의 마니산(摩尼山)으로 향했다. 한 걸음씩 겨울을 밀어내고 싱그러운 봄이 걸어오고 있다. 도반(途伴)의 표정들도 한결 부드럽고 안온하다.

마니산이 있는 강화는 원래 해구(海口), 혈구(穴口)로 불렸다. 고려 태조 23년에 처음 강화(江華)라 부르게 되었다. 강원도 정선에서 시작한 남한강이 흘러 북한강과 만나고, 다시 임진강과 만나 기침 한 번 크게 하듯 뱉어낸 곳에 강화가 위치한다. 개성에서 흐르던 예성강도 바다를 만나 가로막히는 곳이 바로 강화다.

강산을 휘도는 물이 혈맥처럼 뛰다가 마침내 모여지는 곳이 강화이며, 조수간만의 차로 인해 강화도 바닷길은 물살이 세서 함부로 건널 수 없는 천혜의 요새다. 그래서 강화의 옛 이름이 바다의 구멍인 해구이고, 혈맥의 구멍인 혈구였던 것이다. 이러한 지리적 배경 때문인지, 강화는 역사적으로 39년간 항몽의 중심지이자 고려의 수도이기도 했다.

강화도의 남쪽 화도리에 있는 마니산(摩尼山)에 오르려고 한다. 마니산의 원이름은 마리산(摩利山), 머리산, 또는 두악(頭嶽)이라 불렸는데, '머리'는 곧 나라의 중심이라는 뜻이 아닐까. 우리 민족의 영산인 마니산은 기도가 잘 통하는 산으로도 이름이 높다.

마니산을 오르기 위해서는 줄곧 계단을 이용하는 방법과 단군로를 타고 능선을 걷는 두 가지 방법이 있다. 일행은 단군로 능선을 따라 마니산을 넘기로 했다. 단군로는 완만한 경사와 따뜻한 봄날이 어우러져, 저절로 휘파람이 나올 만큼 걷기 좋았다.

겨우내 불어난 몸무게를 짊어지고 오르는 도반의 숨소리가 쉿소리를 낸다. 나의 숨소리인지 도반의 숨소리인지도 모르겠고, 그저 걷는 자의 여유만 간직한 채 즐겁게 오른다.

능선 따라 오르는 길, 참성단의 신령한 품에 닿다

옹녀 계단을 지나 한 시간 남짓 오르니 본격적인 능선 구간이 시작된다. 이 지점에서 정상인 참성단까지는 1.3km가 남았다. 능선 위에서 오른편을 바라보니 발 아래로 흥왕리 벌판과 그 너머 서해 바다가 아득히 넘실거린다.

가을걷이 때 온통 황금빛으로 뒤덮일 벌판을 상상하니 절로 감탄이 나온다. 봄기운이 느껴지긴 하지만, 응달진 곳에는 아직 얼음이 얼어 있어 발끝을 곧추세우며 조심조심 걸음을 옮겼다.

능선을 따라 30여 분쯤 더 오르니, 눈앞을 가로막는 가파른 철제 계단이 보인다. 내 마지막 인내를 시험하듯이 이어지는 이 계단은 무려 372개. 중력에 짓눌리는 무거운 몸을 한 걸음씩 힘겹게 들어 올린다. 끝없이 이어질 것 같던 계단이 마침내 끝나고, 눈앞에 참성단이 모습을 드러낸다.

참성단(塹城壇)은 철망으로 둘러져 있었다. 너무 많은 사람들이 기를 받고자 이곳에서 제를 올리다 보니, 훼손을 막기 위해 보호조치를 한 듯하다. 오늘도 사람들은 줄을 지어 참성단에 오른다.

제단에는 소사나무 한 그루가 우뚝 서 있어, 힘겹게 이곳까지 올라온 이들을 반겨준다. 돌로만 이루어진 제천단 위에서 가지를 뻗은 이 소사나무는 신령스럽기까지 하다. 수많은 기도에 대답하듯, 잔가지들이 바람에 흔들린다.

참성단은 단군께서 하늘에 제를 지내기 위해 쌓았다고 전해진다. 아래는 둥글게, 위는 네모 모양으로 자연석을 쌓아올렸다. 단군왕검이 하늘에 제를 올린 곳이기에 '제천단(祭天壇)'이라 불리기도 한다.

참성단의 소사나무

참성단 제단

특이한 것은, 이곳 참성단에서 백두산까지의 거리와 한라산까지의 거리가 정확히 같다고 한다. 우리나라의 중심에 위치한 셈이다. 그래서 이곳이 가장 기도발이 잘 받는 곳으로 여겨지는 모양이다.

처음 지어진 시기는 정확히 알 수 없지만, 고려와 조선시대에 걸쳐 여러 차례 보수와 수축을 거쳐 오늘에 이르렀다. 나라의 중요한 행사 때마다 이곳에서 단군께 제를 올렸다고 하니, 지금도 나라의 앞날을 위해 이곳에서 기도하고 싶은 마음이 든다.

참성단 중수비

기암괴석을 넘고, 함허동천의 고요 속으로

—

참성단을 뒤로하고 우리는 함허동천(涵虛洞天)으로 향했다. 얼마 걷지 않아 네모난 바위들이 무리를 이루고 선 곳에 도착했는데, 바로 참성단중수비(塹城壇重修碑)다.

이 비석은 숙종 43년(1717)에 참성단을 보수한 내용을 새긴 것으로, '참성단'이라는 이름을 붙인 사연도 담겨 있다. 꼭 그 자리에 글을 새기라고 하듯 바위가 당당히 서 있는 모습이 인상 깊다. 잠시 멈춰 서서 새긴 이의 뜻을 되새기고 다시 발걸음을 옮겼다.

곧 이어지는 암릉(巖陵) 구간은 기암괴석이 층층이 이어지며 길

을 이룬다. 일부러 쌓은 듯 정교하게 놓인 바위들 사이로 걷는다. 낭떠러지가 바로 옆이라 오금이 저릴 만큼 아찔하고, 응달진 곳의 얼음 때문에 더욱 조심스럽게 손으로 바위를 짚었다.

얼음과 바위 사이를 조심조심 오르다 산행 중에 부상당한 등산객이 눈에 들어왔다. 산에서는 늘 조심해야 한다. 특히 이 같은 암릉 구간에서는 낭떠러지와 응달진 곳이 많고 아직 얼음이 군데군데 남아있기에 특히 조심해야 한다. 작은 실수에도 위험으로 이어질 수 있으니 말이다.

칠선교와 칠선녀 계단을 지나 함허동천과 정수사 갈림길에서 함허동천 방향으로 하산을 결정했다.

'구름 한 점 없이 맑은 하늘에 잠겨 있는 곳'이라는 뜻의 함허동천은 그 이름처럼 맑고 고요한 자연을 품고 있을 계곡의 여름 풍경을 상상하게 했다. 비록 계곡물을 따라 내려가지는 못했지만, 겨울의 끝자락에서 만난 마니산의 정기를 온몸으로 느끼며 여유롭게 매표소로 향하는 발걸음은 만족스러웠다.

마니산 산행은 추운 겨울을 밀어내고 다가오는 봄의 희망을 느낄 수 있는 소중한 경험이었고, 우리 민족의 역사와 정신이 깃든 공간에서 자연의 위대함과 아름다움을 만끽할 수 있는 뜻깊은 여정이었다.

한강의 산등성을 디디다
– 남산~매봉산~서울숲 산행

- **출발지 주소** 서울 중구 퇴계로 52
- **걷는 거리** 13.5km
- **소요시간** 4시간 30분
- **걷기 포인트** 서울의 산등성인 한양도성의 일부 남산과 매봉산을 지나 서울숲까지 코스
- **난이도** 중
- **걷는 구간** 회현역~남산백범광장~ 남산둘레길 남측~반얀트리호텔~매봉산 팔각정~ 서울숲

남산(南山)은 조선의 정궁 경복궁의 남쪽에 있는 산이라 해서 남산이란 고유명사가 붙었다. 고려의 개경에도 남산이 있고, 신라의 서라벌에도 남산이 있는데 같은 이치다. 조선이 도읍을 정할 때 경복궁을 중심으로 동서남북 네 방위에 있는 산을 둘러 한양도성을 쌓았다.

동쪽은 청룡의 낙산, 서쪽은 백호의 인왕산, 북쪽에는 현무의 북악산, 그리고 주작에 해당하는 남산을 연결하여 한양도성을 축성하였다. 남산은 여러 이름이 있는데, 개경에서 경사스러움을 끌고 왔다 해서 인경산(引慶山), 목멱신사를 모신 산이라 해서 목멱산(木覓山), 달리는 말의 형상이라 해서 마뫼 등으로도 불린다.

백범광장과 한양도성

회현역에서 출발하여 남산 백범광장으로 들어선다. 권문세도가들이 모여 살던 곳이 북촌(北村)이고, 회현동은 '남산골 샌님', '남산골 딸깍발이'라 놀림을 받던 가난한 선비들이 모여 살던 곳이다. 다른 말로 남촌(南村)이라 불렀다.

백범광장을 들어선다. 오른쪽의 깨끗이 단장한 한양도성 성곽을 따라 언덕을 오른다. 성곽은 백범광장을 끼고 멀리 남산타워로 향한다. 새롭게 축성된 것이어서, 시간이 지나면 고연(古然)한 색을 낼 터인데 아직 세월의 더께가 얹히지 않았다.

한양도성의 성곽은 조선 태조 때 낙산과 인왕산, 북악산, 남산을 이어서 최초 축성된 이후 계속해서 보수되고 유지되었다. 그러나 일제강점기 때 본격적으로 훼철되어 많은 구간이 유실되거나 성곽에 붙여 지어진 여느 집의 담장이 되었다. 이제 다시 옛 모습대로 재축성되고 보수되면서 예전의 면모를 찾아가고 있다.

백범광장에는 백범 김구 선생과 성재 이시영 선생의 동상이 서 있다. 또 안중근 의사의 동상과 기념관이 같이 있어 독립운동에 한 몸을 바쳤던 선인들에 고개를 숙이게 한다. 이분들을 이곳에 모신 이유는 일제가 우리 민족의 맥을 끊고자 세운 일본신사가 있던 자리이기 때문이다. 그들을 딛고 우리 민족의 정기를 다시 세운다는 뜻이다. 신사가 있던 자리는 한양도성의 오랜 역사를 압축적으로 보여주는 한양도성 유적진시관으로 재탄생했다.

남산 남쪽 둘레길

N서울타워 쪽으로 오르다 보면 남산둘레길 남산구간을 만난다. 남산의 북쪽 둘레길은 길이 평탄하고 차도 다닐 수 있는 포장도로이지만 남쪽 둘레길은 숲길이다. 숲길을 들어서자 남산의 소나무가 반긴다. 쭉쭉 뻗은 소나무는 애국가의 한 소절을 떠올리게 한다.

N서울타워가 바로 머리 위를 지나듯 가깝다. 정상 가까이 남쪽

둘레길을 이어가다 밑으로 내려간다. 남산야외식물원과 이끼공원, 야생화공원, 그리고 팔도의 소나무를 모아놓은 소나무공원을 지난다.

소나무 숲을 지나 국립극장 방향으로 가벼운 오르막을 오른다. 아침에 쌀쌀하던 기온은 기분 좋은 봄의 기운을 품고 귀밑을 간지럽힌다. 입춘이 지났으니 이제 봄이 멀지 않았다. 나무의 잔가지가 흔들려 눈을 돌리니 되새 한마리가 연신 열매를 쪼고 있다.

국립극장을 건너 반얀트리 호텔을 지나면 동대문으로 이어지는 한양도성길과 매봉산 가는 길로 나누어진다.

한양도성 남산구간

매봉산을 향하다

버티고개는 약수동에서 한남동으로 넘어가는 고개다. 예전에는 길이 좁고 다니는 사람이 없어서 도둑이 많았던 모양이다. 순라꾼들이 밤중에 길을 돌면서 '번도' 하며 소리를 쳐 도둑을 물리쳤다 한다. 이 말이 변해 '버티'가 되어 고개는 버티고개가 되었단다. 버티고개를 지나 매봉산으로 향한다. 매봉산은 왕이 이곳에 매를 풀어 놓아 꿩사냥을 했다 해 붙여진 지명이다.

매봉산 팔각정에 올라 사방으로 한바퀴 돌며 서울의 풍경을 조망한다. 특히 한강 동쪽으로 펼쳐진 조망은 가슴이 확 트이는 청량

매봉산에서 바라본 남산

매봉산 팔각정에서 바라본 한강 동쪽 풍경

감을 준다. 성수대교, 영동대교, 청담대교 등 한강 위에 늘어선 다리들 너머로 잠실 롯데월드타워가 미세먼지에 가려 회색빛 청탑처럼 우뚝 솟아있다.

일찍이 일출 명소로 알려진 곳이지만, 직접 보고 나니 기대 이상이다. 새벽녘 한강 위로 떠오르는 붉은 태양의 향연을 상상하니 가슴이 설렌다. 한강의 풍경에 마음에 담은 뒤, 서울숲을 향해 발걸음을 옮긴다.

강바람에 이는 물주름은 한강을 더 쓸쓸하게 비추고

방송고등학교를 지나 금호터널 옆으로 내려 금남시장을 지났다. 길 옆으로 어묵과 떡볶이의 구수한 냄새는 참을 수 없는 식욕을 불러온다. 도저히 참지 못하고 어묵을 시켰다.

길거리에서 맛있게 탐식을 한 후 계속 길을 이었다. 금호사거리에서 우회전을 하여 한강변으로 빠지는 지하보도를 건넜다.

한강변에는 많은 사람들이 삼삼오오 짝을 이루어 가볍게 걷고 있다. 강바람이 차서 옷깃을 여미고는 서울숲을 향해 계속 강변을 타고 걷는다. 물가로 잔뜩 수염을 단 갈대는 강바람에 하늘거린다. 바싹 마른 수변의 갈색 풀은 곧 봄의 색으로 갈아입을 채비다. 해는 미세먼지에 쌓여 서쪽으로 기울었다. 강바람에 이는 물결은 빛을 잃은 햇빛이 반사되어 한강을 더 쓸쓸하게 만들고 있다.

그렇게 한강을 바라보며 걷다가 하늘을 보니 머리 위로 용비교가 내 머리 위로 지나간다.

곧 개나리로 노랗게 물들 응봉산이 바로 곁이다. 개나리 필 때면
세상 어느 산보다 아름다운 곳이다. 중랑천을 넘으면 서울숲이다.

물 반 바람 반, 호반 낭만길을 걷다
– 대청호 오백리길 4코스

걷는자의 기쁨 그두 번째 이야기

- **출발지 주소** 대전광역시 동구 마산동 483번지
- **걷는 거리** 12.5km
- **소요시간** 4시간 30분
- **걷기 포인트** 수변을 따라 갈대밭과 대청호수를 걷는 코스
- **난이도** 하
- **걷는 구간** 마산동 말묏길 삼거리~가래울~습지공원~황새바위~엉고개~제방길~신상교

봄을 품은 억새 사이로, 첫걸음을 내딛다

—

전라북도 장수군 신무산(神舞山, 897m)에서 발원한 금강은 수많은 지천과 만나며 너른 흐름을 만들어낸다. 그렇게 흘러내린 강물은 충청도의 심장, 대청댐을 만나면서 대한민국에서 세 번째로 큰 호수인 대청호로 변모한다.

이 거대한 대청호를 따라 걷는 길이 대청호 오백리길이다. 호수의 풍경을 품은 채 산과 마을을 이어주는 총 21코스 길이 220km의 순례길 중 4코스 호반낭만길을 걷는다.

말뫼삼거리에서 출발해 호수를 끼고 추동 방향 들길로 접어들자, 양옆으로 키를 넘는 억새가 줄지어서 걷는 이들을 기다린다. 억새는 바람에 하늘거리며 반가운 인사를 건넨다.

매서운 날씨는 입춘이 지나면서, 봄기운이 길 위로 내려앉았다. 부드럽고 포근한 기운이 대지를 감싸고, 땅 위를 덮은 길은 마치 양탄자처럼 푹신했다.

억새 사이로 드문드문 모습을 보이던 호수는 어느새 활짝 펼쳐 보인다. 겨울의 내밀한 신비에 호수는 서서히 기지개를 켜는 중이다.

수면 가장자리, 얼어 있던 부분과 녹은 물의 경계선이 묘한 그림자를 만들어 마치 호수가 스스로 그려낸 수묵화같다.

고요한 습지, 호미고개 웃음길, 황새바위의 너른 시선

길은 굽이굽이 호수를 따라 이어진다. 길에는 낙엽으로 가득하다. 가을의 잔향처럼 남아 있는 나뭇잎은 폭신한 담요가 되어 걷는 발을 품는다.

바닥을 드러낸 호수의 가장자리에선 말라버린 고사목이 눈에 띄기 시작한다. 물에 잠겨 생을 마감한 나무가 다시 모습을 드러낸 것이다. 수몰 전엔 푸르렀을 나무가 시간의 잔해처럼 드러누워 있다.

추동습지에 이르렀다. 습지 전망대에 올라 넓게 펼쳐진 억새밭을 바라본다. 지나가는 바람에 억새가 자꾸 고개를 숙였다가 다시 들며 인사를 한다.

물터가 있는 풍경. 예전 수몰전 민가가 있던 곳

추동습지

　　호수와 어우러져 물결처럼 이는 억새의 몸짓이 마치 호수와 하나가 된 듯하다. 이곳은 천연기념물 원앙, 말똥가리, 흰목물떼새, 맹꽁이 등의 서식지라 하나, 계절 탓인지 그들의 모습은 보이지 않는다.

　　전망대에서 한참을 추동습지에 빠졌다가 추동마을로 향한다. 이곳은 원래 가래나무가 많아 '가래울(楸洞)'이라 불리던 마을이었다. 이후 한자 표음이 같은 '추동(秋洞)'으로 바뀌었다.
　　추동마을을 지나 대청호 자연생태관에 도착해서 전시관을 둘러보았다. 이곳에는 대청호 주변에 서식하는 다양한 동식물의 표본과 생태자료가 전시되어 있는 공간으로 작지만 알찼다.

다시 길을 나선다. 걷기 좋은 흙길이 이어지고, 가사낭골을 지나 작은 오르막을 만난다. 길가에 서 있는 작은 비석이 있어 살펴보니 '호미고개'라고 적혀 있다.

오르막이라기엔 아주 작은 고갯길이다. "이게 고개야?" 하며 절로 웃음이 나온다. 이런 소박한 이름의 유쾌함이, 걷는 길의 즐거움을 더해준다.

추동중추부락비

황새를 닮은 바위, 그리고 고즈넉한 술도가의 시간

곧 도착한 곳은 황새바위다. 바위의 생김새가 황새의 날개를 닮았다 해서 붙여진 이름이라지만, 실제로는 그리 닮지 않았다.

하지만 이곳에서 내려다보는 풍경은 이름보다 훨씬 특별하다. 수면 위로 펼쳐진 너른 대청호의 품이 한눈에 들어온다.

지나온 길이 지그재그로 이어지고, 물과 산, 길이 얽힌 풍경은 가슴을 시원하게 해준다.

길은 연꽃마을을 지나 원주산 자락으로 이어진다. 길가엔 시(詩)들이 전시되어 있어, 걸음마다 시를 한 편, 한 편 음미하며 길을 내어간다.

그렇게 시를 음미하며 길을 따라가면 어느 화가의 집과 전통 기와집 한 채가 스친다. 길의 끝자락, 이제 목적지가 가까워졌다는 생각에 발걸음이 다시 가벼워진다.

마지막 고갯마루를 넘어 호수가 눈앞에 나타났다. 정면으로 제방길이 펼쳐지고, 그 위로는 신상교가 길게 뻗어 있다.

제방길 아래, 폭 30cm 남짓한 시멘트 보(洑)가 호수 한가운데를 가로지른다. 목적지로 가기 위해서는 이 보를 건너야 한다.

길이는 약 70미터. 건너는 동안 조심스레 발을 옮겼지만, 가슴이 두근거린다. 겨울이라 보 아래 얼음이 단단히 얼어 있지만, 그 순간에는 알 수 없기에 긴장된다.

이 구간은 대청호 오백리길 공식 지도에 포함돼 있으나, 수위나 안전을 고려할 때 대체 경로에 대한 안내가 아쉽다. 걷는 길엔 언제나 안전이 함께여야 하니까.

대청호

입국과 누룩, 그리고 한 잔의 사연 – 이원양조장

시멘트 보를 건너 마지막 구간을 마치고, 버스에 올라 30여 분 달리면 충북 옥천군 이원면의 이원양조장에 도착한다.

이곳은 4대를 이어온 전통의 술도가로, 지금은 강현준 대표가 그 바통을 이어가고 있다. 원래 건축업을 하던 그는, 가업을 잇기 위해 직업을 정리하고 술 빚는 일에 전념하게 되었다.

이 양조장은 1930년대 금강변에서 시작됐지만, 수해로 인해 1949년 지금의 자리로 옮겼다. 어느덧 90년에 가까운 세월이 흘렀다.

이들이 빚어내는 술은 세 가지. 순우리밀로 만든 막걸리 '향수', 쌀과 수입밀을 혼용한 '아이원', 그리고 누룩으로 만든 쌀막걸리 '시

15도 원주를 걸러내는 과정

인의 마을'.

　'시인의 마을'이라는 이름은 이곳이 시인 정지용의 고향이라는 점에서 유래했다. 그의 대표작 〈향수〉에서 이름을 차용한 제품도 있다.

　한 잔의 막걸리 속에서 이 땅의 정서가 흘러나온다. 문득 "신토불이~ 신토불이~"라는 오래된 노래가 절로 흥얼거려진다.

　이곳에서의 마지막 한 잔은, 오늘 하루 걸은 발걸음 위에 따스한 온기를 얹는다. 자연과 사람, 발효된 시간이 고요히 어우러진 자리. 바로 이곳이 진짜 낭만의 종착지다.

3월
내 안에 숨 쉬는 초록빛 솔숲을 걷다

움트는 봄기운 즈려밟는 남도길
– 전주 승암산, 전주 향교 심춘순례길

- **출발지 주소** 전북특별자치도 전주시 덕진구 우아동1가 770-26
- **걷는 거리** 12km
- **소요시간** 4시간 30분
- **걷기 포인트** 기진봉과 승암산을 둘러보고 한옥마을까지 최남선의 심춘순례를 따라 걷는 코스
- **난이도** 중
- **걷는 구간** 아중로~기린봉~승암산~전주한옥마을

백년 전 최남선과 박한영이 걸었던 심춘순례길

육당 최남선(六堂 崔南善)이 석전 박한영(石顚 朴漢永) 선사와 행장을 차리고 남도순례를 떠난 날이 1925년 3월 28일 저녁이다. 다음날 새벽 대전에서 호남선으로 갈아탔다. 또다시 익산에서 경편열차(협궤열차)를 갈아타고 전주역까지 꼬박 하루를 지난 29일 오후가 돼서야 전주역에서 내렸다.

거의 한 세기 만에 그들의 자취를 따라 걸어볼 요량으로 KTX에 몸을 실었다. 서울에서 전주까지 두 시간도 채 걸리지 않는다. 선인을 따라간 백여 년의 시간이, 같은 위치에 도달하는 시간은 달랐다. 백년의 시간은 고작 두 시간이 채 걸리지 않는다.

심춘순례(尋春巡禮)의 시작점인 전주에서 그들의 뒤를 따른다.

아중로에서 기린봉(麒麟峰)을 오르는 것으로 일정을 시작했다. 아직 입춘이 되려면 보름이 넘게 남았으나 벌써 봄인 듯 전주의 날은 푸근하다. 앙상한 나뭇가지는 아직 봄을 품지 않았는데 마음은 봄을 맞이하듯 방창하다. 선인의 길을

기린산으로 오르는 길

따라 걷는 탓이리라. 1km 남짓 힘겹게 오르니 기린봉(271m)이다. 산세가 예사롭지 않아 많은 사람들이 기도하는 영험한 산이다. 이

산은 전주의 네 방위를 지키는 사신 중 두 번째인 백호에 해당하는 산으로 전주 십경 중 제 1경이다. 좌청룡은 용머리 고개, 남주작은 치명자산, 북현무는 거북바위이다.

동고산성, 승암산에 오르다

기린봉 정상에서 한껏 호연지기를 느껴보고는 내려서기 시작했다. 능선으로 연결된 승암산(僧巖山)을 향했다. 1km 남짓 걸어 승암산에 도달하니 여기가 동고산성이었다는 북문 표지가 서 있다. 승암산이 껴안고 있는 성이다. 동고산성(東固山城)은 국내 유일의 후백제 유적지로, 견훤의 왕성이라 전해진다.

승암산(僧巖山) 정상에 도달했다. 승암산은 높지는 않으나 전주의 역사를 간직한 진산이다. 다른 이름은 한자를 풀어서 중바위다. 원래 밝다는 뜻을 음차해서 한자로 발산(鉢山)으로 표기했는데 발(鉢)이 스님의 의발을 뜻해, 다시 뜻을 변용해서 승(僧)으로 적어 지금은 승암산이 됐다.

창암 암각서와 한벽당(寒碧堂)

중바위에서 하산을 했다. 무애사를 지나 자만동 벽화마을을 좌측으로 돌아드니 조선 후기의 명필 창암 이상만의 암각서가 눈길

월당 최남의 유허비각

을 사로잡는다. 바로 옆은 조선의 개국공신인 월당 최담의 유허비가 세워진 비각이다. 비각을 지나니 좌측으로 옛 경편철도의 터널이 지나간다.

한벽당(寒碧堂) 밑으로 뚫려 있는 터널이라 한벽굴이라 칭한다. 한벽굴을 지나 전주천을 따라 돌아 오르면 승암산 기슭 절벽을 깎아 지은 한벽당이다. 한벽당은 조선 건국에 큰 공을 세운 최담이 태종 4년(1404)에 별장으로 지은 건물이다. 누각 아래로 사시사철 맑은 물이 흐르는데 바위에 부딪쳐 흰 옥처럼 흩어지는 물이 시리도록 차다 하여 한벽당이란 이름을 붙였다.

한벽당을 출발해 전주 향고로 나섰다. 여기서부터는 새로 지은 한옥들이 기존 전통 한옥들과 어우러졌다. 다른 곳에 있던 한옥들

창암 암각서

도 이쪽으로 많이 옮겨온 모양이다. 이곳에서부터는 관광객들이 북적였다. 국적 모를 한복을 입고 거리를 배회하고 있는 모습이 서울 고궁들에서도 자주 보는 풍경이다. 한복을 입는 것은 보기 좋으나 제대로 복식을 갖추어서 입었으면 좋을 텐데 하는 생각이 들

전주향교의 만화루

었다.

　전주 향교 앞에 이르렀다. 만화루를 지나 경내에 들어서니 대성전이며, 명륜당이며, 제각기 독특한 개성의 건물이다. 특히 명륜당은 모양이 특이해서 한참을 바라보았다. 지붕이 눈썹 모양으로 길게 드리워진 것이 특이했다. 젊은 선비들이 북적였을 상상을 해보며 자리를 옮겼다.

　향교 뒷문으로 나오니 옆 한옥들과의 울타리가 돌담으로 만들어진 울타리가 너무나 아름답다.

옮겨다 놓은 고택들

　향교 옆에는 전주의 특이한 한옥 몇 채를 옮겨다 놓았다. 전북지방 한옥의 특색을 가장 잘 살린 역사성이 있는 건물이다.

차경석의 정읍 고택

정읍 고택은 보천교를 창시한 차경석의 고택으로 'ㅁ'형의 건물로 보온효과를 높이려는 북방형이다. 임실 진참봉 고택은 180여 년이 지난 건축물로 중부지방 양반가의 전형적인 별채다. 일송 장현식의 고택은 독립운동가의 집으로 전통 한옥의 가치가 높은 전형적인 고택이다. 전주 동헌은 1890년에 화재로 소실된 것을 1891년 중창된 전주 부윤의 집무 공간이다.

이렇게 한곳에 모아놓으니 비로소 한옥마을답다. 이 지역을 벗어나면 국적 불명의 한옥들이 즐비해서 도대체 이곳이 한옥마을인가 생각 들다가도 그나마 위안이 되는 지역이 바로 이곳이다.

경기전과 풍남문

경기전(慶基殿)은 조선 태조 이성계의 어진(御眞)을 모신 곳이다. 어진을 모신 곳이 3곳이 있었는데 전주는 경기전, 경주는 집경전, 평양은 영숭전이라 불렀다. 경기전에 사람이 빼곡하게 모여서 문화해설사들의 설명을 듣고 있다. 다들 진지한 표정이다. 사진 찍는 사람들, 무언가 말을 열심히 하고 있는 사람들….

요즘 들어 이곳으로 많은 관광객들이 밀려오는 것을 피부로 느낄 수가 있었다. 경기전 내의 실록을 보관한 사고(史庫)를 둘러보고 남문으로 가기 위해 경기전을 나왔다.

전주의 성곽과 4대문 중 3대문이 유실되고 오직 남문인 풍남문(豊南門)만 남아있다. 순천지역에서 들어오는 쪽은 풍남문이고 안쪽에서 바라보면 호남제일성(湖南第一城)이다. 아마도 지키는 자의 자부심일 것이란 생각이 든다. 풍남이란 이름은 천하를 일통한 한고조 유방의 고향인 풍패(豊沛·강소성 패현)에서 따왔다.

이성계를 유방에 빗대 전주도 풍패의 향이 난다고 풍패지향(豊沛之鄕)이라고 했고 풍패의 남쪽 문이라 해서 풍남문이 된 것이다. 한참 짓고 있는 전주 감영과 보수 중인 객사 풍패지관을 뒤로하고 전동성당으로 향했다.

조선 최초의 순교지 전동성당

—

전동성당은 인산인해였다. 사진을 제대로 찍을 수 없을 만큼 많은 사람으로 북적였다. 결혼식이 진행 중이라 안으로는 못 들어가게 한다. 예전에 다녀왔지만 다시 한번 살펴보고 싶은 생각에 한참을 기다리다가 그냥 나왔다. 이곳은 호남지역에 최초로 지어진 로마네스크 양식의 건물이다.

천주교 최초 순교자가 나온 성지로 순교를 기리기 위해 세워진 성당이다. 풍남문이 바로 앞이어서 자연스레 순교지가 되었으리

전동성당

라. 한동안 마음으로 묵상을 하고는 전동성당을 떠나 마지막 종착
지인 오목대와 이목대를 향했다.

조선의 자부심 오목대(梧木臺)와 이목대(梨木臺)

한벽당 뒤로 우뚝 솟은 언덕에 세워진 오목대(梧木臺)는 태조 이
성계가 왜구와의 전투에서 승전하고 잠시 머물렀던 곳인데 고종황
제가 친필로 비석을 세웠다. 아마도 열강의 틈새에서 조선이 강대
해지기를 바라는 고종의 마음이 담겨 있는 듯하다. 오목대는 오동
나무가 있어야 하는데 오동나무는 보이지 않는다. 예전에는 발산
(승암산)에 오동나무가 많았다는 기록이 있는데 지명에 맞춰 다시
심으면 어떨까 하는 생각이 든다.

한벽당

오목대를 둘러보고 육교 건너 바로 지근
거리에 있는 이목대(梨木臺)에 들렀다. 이목
대는 태조의 5대조 목조를 기념하기 위해
고종이 비문을 쓰고 만든 것인데 현실에선
열강에 치이는 조선이 강대했으면 하는 바
람을 꿈꿨던 것이 아닌가 싶다.

육당이 걸었던 남도기행기 심춘순례(尋
春巡禮)를 따라 걷는 첫발을 내디뎠다. 조선
의 3대천재라 불리던 최남선과 당대 최고의

선지식 박한영 선사가 나눈 50일간의 대화는 무궁무진한 법열의 순간이었으리라. 미욱하지만 그들의 뒤를 따라 걸으며 우리 땅의 보배로움을 느낀다면 얼마나 기쁠 것인가.

尋春(심춘)

- 작자 미상

盡日尋春不見春(진일심춘불견춘)
종일토록 봄을 찾아 헤맸건만 봄은 보지 못하고

芒鞋遍踏壟頭雲(망혜편답롱두운)
짚신이 다 헤지도록 언덕 위 구름만 따라 다녔네

歸來笑撚梅花臭(귀래소연매화취)
지쳐서 돌아와 뜰 안에서 웃고 있는 매화향기 맡으니

春在枝頭已十分(춘재지두이십분)
봄은 여기 매화가지 위에 이미 무르익어 있는 것을

尋春(심춘)
깊은 봄

봄빛따라 학이 머물던 길의 끝을 걷다
– 경기 구리 평해길 9코스

- **출발지 주소** 경기 양평군 지평면 일신리
- **걷는 거리** 16km
- **소요시간** 5시간
- **걷기 포인트** 일신역에서 양동역까지 걷는 구둔고갯길까지 해찰하며 걷기
- **난이도** 중
- **걷는 구간** 일신역~구둔역(폐역)~일신2리 느티나무~일신분교~고추산 자락~못저리
  세하마을~쌍학리 임도~매월교~상록다리~석곡천 둑방~양동역

잊혀진 역에서 걷기 시작하다

—

옛길은 앞서 살아간 선인(先人)과 지금의 나를 이어주는 끈이다. 봇짐을 지고 가는 보부상, 과거를 치르러 가는 선비, 시대를 이끌고 나가던 인물들을 길에서 만난다. 그들의 삶은 역사가 되고 문화가 되었다.

한양에서 출발하는 길은 관동대로(關東大路; 평해길), 관서대로(關西大路; 의주길), 관북대로(關北大路; 경흥길), 영남대로(嶺南大路; 영남길), 삼남대로(三南大路; 삼남길), 강화길 등 이렇게 여섯 개의 대로가 조선 팔도를 사통팔달했다. 한양과 경기지역의 옛 지명은 관내도(關內道)라. 동으로 가면 관동대로이고, 서로 가면 관서대로이고, 북으로 가면 관북대로이다.

관동대로는 한양의 동문 흥인지문(興仁之門)을 나서며 시작한다. 도도히 흐르는 한강을 거슬러 가면 남한강과 북한강이 만나는 두물머리다. 두물머리에서 양근(지금의 양평)으로 접어들고, 이어서 원주와 횡성을 거쳐 평창과 대관령을 넘고 강릉에 이른다. 강릉에서 바다를 따라 남하하고, 정동진과 북평(지금의 동해시)를 지나 울진의 평해(平海)에 도달하면 천리길 관동대로의 종착지다.

관동대로의 또 다른 이름인 평해길은 구리에서 양평까지 총 10코스로 조성되어 있다. 매 코스의 시작과 끝 지점이 중앙선 기차역으로 연결되어 접근하기가 좋아 서울에서 가벼이 다녀올 수가 있다.

아직 이른 봄이어서 봄꽃이 제대로 올라오진 않았으나 쉬엄쉬엄 봄맞이 구둔고갯길로 나선다. 평해길 9코스 구둔고갯길의 시작점은 일신역이다. 일신역은 하루 열차가 몇 대 서지 않는 간이역으로 내리는 사람이 거의 없어 한가롭다.

구둔고갯길, 시간 속을 걷다

—

일신1리 노곡마을 이정표를 지나 신작로를 따라간다. 구둔고갯길인데 구둔마을이 보이지 않는다. 구둔마을이 일신리로 포함되면서 일신리가 구둔마을이라 보면 된다.

인적이 없는 길을 느릿느릿 걷는다. 벌써 구둔역이다. 역을 지나는 옛 중앙선 철도는 내가 걷고 있는 평해길(관동대로)과 노선이 유사하게 놓여 있다. 구둔마을을 돌아가던 철도는 직선화가 되어 구둔역은 폐역이 되고 역사(驛舍)만 남았다.

역(驛)의 역할은 다하였고, 근대문화유적으로서 건축물 원형을 잘 간직한 역사는 진한 향수를 일으키며 옛모습을 짐작하게 한다.

구둔역이 영화 또는 다양한 뮤직비디오의 촬영장으로 다시 살아나고 철길의 옛 정취를 기억하고자 하는 이들의 발걸음을 분주케 하여 관광지로 환생하였다. 우리 곁에서 하나씩 사라지는 것들에 아쉬움을 느낀다면 이곳에 와보라 권하고 싶다.

　구둔역을 지나 일신2리 마을로 들어섰다. 440년 된 느티나무가 지평초등학교 일신분교를 다 가리고 서 있다. 어찌나 큰지 나무 둘레가 열 사람이 둘러 안아도 부족할 만큼 크고 우람하다. 일신분교를 지나 고추산 자락에 들어선다. 여기서부터 3km에 걸친 길이 구둔고갯길이다.

　구둔고개(九屯峙)는 16세기《동국여지승람》에 구질현(九叱峴)으로 기록되어 있고, 19세기 후반 김정호의 대동여지도에는 구존치(九存峙)로 기록되어 있다. 이후 1914년 일제 강점기에 구둔고개(九屯峙)로 이름이 바뀌었다. 이 고개 이름의 시작은 고개에 습지가 발달해 처음엔 구질고개라 불리다가 구둔고개로 변해갔음을 알 수 있다.

막아버린 터널

구둔역에서 폐철로는 레일을 거두고 계속 이어진다. 레일이 사라진 철로는 밑에 깔아놓았던 잔돌만이 이 길이 철로였음을 증명할 뿐이다. 발길에 차이며 잘그락거리는 소리가 기적 소리처럼 이명으로 들리며 기억을 소환한다. 터널이 있던 자리가 막혔다. 문득 기차가 터널을 통과해서 동해로 내달렸을 모습이 그려진다. 오랜 시간 동안 얼마나 많은 이야기가 이곳에 스며져 있었을까… 막힌 터널을 돌아 산자락을 지나간다.

숲을 지나 마음을 걷는다

잔돌만 남아있던 폐철로는 어느 순간 사라지고 야트막한 산길

구둔고갯길

과 제법 무성한 숲길이다. 구둔고개로 접어드는 길이다. 관동대로의 대표적인 고갯길로 녹음 짙은 숲길이 그윽한 아름다움을 연출한다.

숲길을 헤치고 나와 마을길을 접어든다. 마을길을 따라 잠시 걷다 보면 못저리 세하마을을 지나고 쌍학리 임도 입구다. 여기서부터 매월교까지 임도길 7.6km를 걸어야 한다.

임도 입구를 지나 산을 오른다. 해발 150여 미터를 올라가는 산길이라서 제법 숨이 가쁘다. 산길을 지나 임도에 올라서자 길이 평탄하다. 발도 편하고 시야가 트이니 주변의 풍경이 발아래로 보인다. 굽이굽이 산길을 돌아 높낮이가 없는 임도를 따라 두런두런 걷는다. 4km 남짓 걸으니 산판이다. 아름드리 베어진 나무들이 가득하다. 한 아름이 넘는 소나무 밑동은 굵은 송진 눈물을 흘리고 있다. 새로운 나무를 심어 새 숲을 가꾼다는데 잘려 나간 나무의 크기가 예사롭지 않아 마음이 아프다.

학이 머물던 마을, 길의 끝에서

쌍학리 임도가 끝나고 매월교에 이르렀다. 매월교 밑을 흐르는 매월천은 석곡천에 합류한다. 쌍학리(雙鶴里)란 이름은 석곡천에 학들이 무리를 지어 살았기 때문이라는데, 지금은 어디로 날아가 버렸는지 학은 도통 보이지 않는다. 학이 무리지어 살았다던 쌍학리의 옛 시간, 가까운 과거가 묻어 있는 폐역과 폐철길 저 너머 더 오래전 이 길을 지났을 조선 선비의 발자취가 못내 그리운 것은 어떤 아쉬움 때문일까?

양동역에 이르니 마음은 벌써 만춘이다.

관동별곡(關東別曲)

- 정철

강호(江湖)에 병(病)이 깊어 죽림(竹林)에 누웠더니,

관동 팔백 리(關東八百里)에 방면(方面)을 맡기시니,

어와 성은(聖恩)이야 갈수록 망극하다

연추문(延秋門) 들이 달아 경회 남문(慶會南門) 바라보며,

석곡천

하직하고 물러나니 옥절(玉節)이 앞에 섰다.

평구역(平丘驛)* 말을 갈아 흑수(黑水)*로 돌아드니,

섬강(蟾江)은 어디메오, 치악(雉岳)이 여기로다.

소양강(昭陽江) 내린 물이 어디로든 든단 말고.

고신(孤臣) 거국(去國)에 백발(白髮)도 하도 할샤.

*평구역(平丘驛): 경기 양주 부근
*흑수(黑水): 여주 개군면에 흐르던 하천으로 1963년 양평우로 현입한 하천

모악산에 봄이 내리다
– 전북 전주 모악산 산행

- **출발지 주소** 전북특별자치도 완주군 구이면 모악산길
- **걷는 거리** 8km
- **소요시간** 4시간 30분
- **걷기 포인트** 석전 박한영선사와 최남선의 심춘순례의 길을 따라 모악산과 금산사를 걷는 길
- **난이도** 중상
- **걷는 구간** 모악산 관광단지~대원사~수왕사~모악산~금산사~금강문~금산사 매표소

겨우내 땅 밑에 웅크려 있던 봄이 마른 땅을 헤집어 놓았다. 봄은 하늘, 땅, 산과 들을 넘어, 싱그러운 바람을 따라오고. 갈색의 대지는 파릇한 녹음을 준비하고 비를 기다린다.

봄비! 빗방울이 후두둑 대지를 때리면 마른 먼지는 수분을 머금고 하늘로 비산하며 봄이 왔음을 알릴 것이다. 미세먼지로 전주의 하늘이 뿌옇다. 맑은 하늘을 본지가 얼마던가. 봄은 내내 건조해진 들과 가득한 미세먼지를 씻어 내릴 비가 그리워진다.

모악산을 향하다

—

이른 아침 전주역, 사람들이 바쁘게 발걸음을 옮기고 있다. 선인들 체취와 흔적을 찾아 대화하며 사색하고 걸었던 순간들이 떠올라 상념에 잠긴다. 오늘은 어떤 이야기를 만날 것인가. 기대감으로 서둘러 전주와 완주, 김제를 품고 있는 모악산(母岳山)으로 향한다. 완주의 대원사를 넘어 모악산 정상을 찍고 김제의 금산사로 내려오는 코스를 택했다.

모악산 관광단지에 들어섰다. 모악산은 봄 따라온 손님을 반가이 맞아들였다. 까마득히 솟아 있는 모악산 송전탑은 미세먼지에 가려 형체가 완전하지 않다. 정상까지 오르기가 만만치 않아 보였다.

등산로를 따라 흐르는 계곡의 물소리는 청량하고 맑아서 콧소

대원사 오르는 길

리를 흥얼거리게 한다. 행여 누구라도 볼까 봐 흠칫 주변을 살펴본다. 사람들은 저마다 풍경에 취해서 상관 않는다. 부지런히 걷다 보니 등허리에 젖은 땀이 옷 밖으로 배어 나왔다.

대원사(大院寺)에 이르렀다. 금산사의 말사로 고구려에서 백제로 귀화한 보덕의 제자들이 창건하였다고 전해진다. 대웅전 앞 조선 때 만들어진 5층 석탑과 대웅전 뒤 둔덕 위로 또 하나의 5층 석탑이 눈에 들어왔다. 고려 때 만들어진 5층 석탑이다.

이곳 대원사는 증산(甑山) 강일순(姜一淳)이 도를 깨우쳐 증산교(甑山敎)의 시작이 된 곳이기도 하다. 계룡산과 더불어 많은 종교의

대원사

탄생지이기도 한 모악산이다. 산 이름대로 어머니의 산이라서 그러는 것이리라.

모악산 절벽 아래 자리 잡은 수왕사(水王寺)를 향한다. 여기서부터는 산이 가팔라 힘이 들었다. 수왕사까지 거리는 짧았으나 몇 번을 쉬면서 오른다. 지나던 분이 수왕사의 이름 그대로 물 중의 왕이니 이곳 물이 전국 최고라며 자랑한다. 수왕사의 원이름이 '물왕이절', 혹은 '무량(無量)이 절'로 불리다가 한자로 바뀌면서 수왕사가 된 것이다.

수왕사는 요사체와 대웅전 그리고 그 사이로 보이는 진묵조사전이 있는 아주 작은 절이다. 680년 신라 문무왕 때 보덕화상(普德和尙)의 수도 도량으로 만들어진 조그마한 암자지만 오랜 역사를 가졌다. 요사체 뒤로 커다란 바위에서 솟아나는 물맛이 예사롭지 않았다. 오고 가는 많은 이들의 마음을 깨끗하게 정화시키고, 물의 맛도 으뜸이어서, 절 이름도 물중의 왕 수왕(水王)으로 딱 맞다는 생각이 들었다.

세상을 내려다보다

—

모악산 정상이 1km가 남았다. 여기서부터는 능선이라 그리 힘든 코스는 아니다. 무제봉을 지나 쉰길바위에 다다랐다. 모악산 이름의 전설이 되는 바위다. 형상이 어머니가 아이에게 젖을 물리고 있는 모습이어서 '엄뫼', 곧 '어미산'이란 우리말을 한자로 차용하여 모악산(母岳山)이라 부른 것이다.

모악산 정상(794m)이다. 사방을 둘러보아도 모두가 발아래다. 태산에 올라 '회당능절정(會當凌絶頂), 일람중산소(一覽衆山小)'를 외치며 세상의 산들을 아래로 본 두보의 마음을 알겠다. 하지만 정상에 터를 잡은 거대한 송신탑이 눈에 거슬리는 것이 옥의 티다.

선녀들이 신선들과 어울렸다는 신선대를 지나 모악정으로 내려왔다. 여기서부터 내려오는 길은 좁은 도로와 금산천 계곡이 어우

모악산 정상에서 바라본 구이면 방향

러져 길게 이어졌다. 계곡은 꼬불꼬불 산을 따라 돌아간다. 도반(途伴)의 걷는 뒷모습이 세상의 길을 걷는 구도자와 같다. 나도 구도자의 모습으로 그렇게 뒤를 따라 무념으로 걸어 미륵신앙의 성지 금산사(金山寺)에 도달했다.

금산사는 백제 무왕 때인 600년에 지어지고 통일신라 때 진표 율사가 중창하였고, 한때는 후백제의 견훤이 유폐되었던 절이기도 하다. 1,400년의 세월이다. 찰나의 시간도 억겁이라 했으니 피고 지는 인연의 시간은 셀 수 없는 무한의 시간이다.

보제루(普濟樓)를 지나 금산사 경내에 들어섰다. 정면으로 보이는 대적광전(大寂光殿)보다는 미륵불을 모신 국보 62호 미륵전(彌

금산사 대적광전

금산사 미륵전

勒殿)이 금산사의 중심이다. 절의 사찰 건물 중 유일하게 현존하는 3층 전각이다. 내부는 일체의 건물로, 안에 모신 11미터의 미륵불은 눈을 들어 위를 쳐다보니 존재감이 대단하다. 모악산이 미륵신앙의 성지로 된 것도 미륵전 때문이다.

천왕문과 금강문을 지나 일주문을 나서면 금산사 입구에 세워진 비석에 새겨진 '용화종찰(龍華宗刹) 미륵성지(彌勒聖地)'란 글이 금산사가 미륵성지임을 설명해 준다.

견훤, 인생무상

—

일주문을 지나 여느 절에는 없는 특이한 성문인 홍예문(虹霓門)[석성문(石城門), 혹은 견훤문(甄萱門)]이 금산사의 관문이 되었다. 아치형 석문만 있다가 2010년에 복원되었다.

견훤은 한때는 삼국을 통일할 수 있는 가장 가까운 위치에 있었다. 하지만 그러지 못하고 아들 신검에게 금산사로 쫓겨 유폐되었다. 후삼국 중 가장 강한 천하의 견훤이지만, 고려를 세운 왕건에 의탁해 결국 역사 속으로 사라지게 된 것을 보면 인생무상이다. 아무리 높은 권력을 가지고 누린들 제 주변을 관리하지 않고서야 모래 위에 지어진 누각일 뿐이다.

길섶엔 봄까치꽃이 마른 수풀 사이로 삐죽삐죽 고개를 내밀기 시작했다. 홍예문 밖으로 봄을 따라 부지런히 걸음을 옮겼다.

4월

그 길이 나를 살아 있게 하고

굳세게 지켜온 '모두의 고향'을 걷다
– 부산 영도다리, 태종대, 흰여울마을 트래킹

- **출발지 주소** 부산 영도구 동삼동 1016-4
- **걷는 거리** 10km
- **소요시간** 5시간
- **걷기 포인트** 피난민의 보금자리 영도다리를 건너 태종대와 한국의 산토리니 흰여울 마을을 걷는 길
- **난이도** 중하
- **걷는 구간** 태종대~감지해변길~중립바닷가~흰여울 해안터널~흰여울마을

영도등대 아래의 선착장

한국전쟁 시기, 저마다의 사연을 지닌 사람들이 노랫말처럼 부산으로 몰려들었다. 가족에게 영도다리 밑에서 만나자고 약속하고는 근처를 떠나지 못하고 결국 자리를 지킨 사람들. 부산은 수많은 사연을 간직한 도시다. 부산에서도 피난민들의 보금자리인 영도(影島)를 찾았다.

맑은 아침햇살에 파도는 남항 부두를 가볍게 찰랑거린다. 파도의 옅은 물주름이 햇볕에 반짝거리며 마음을 걷잡을 수 없게 한다. 남포동 부두를 따라 한국 근현대사의 굴곡을 그대로 간직한 영도다리로 향했다.

헤어진 가족을 만나서 기뻤던 다리. 또 만나지 못해 슬픔에 목 놓아 부르던 곳이 바로 영도다리다. 다리를 건너 영도로 들어섰다. '굳세어라 금순아' 노래비 앞에서 흘러나오는 노랫소리에 울

컥한다.

태종대, 영도의 절경만 모아담은 곳

—

맑은 날씨여서인지 아침인데도 태종대(太宗臺)를 찾는 사람이 많다. 태종대는 신라 태종무열왕이 영도의 절경에 도취돼 쉬어갔다고 해 붙여진 이름이다. 그만큼 절경이다.

태종대를 오르는 길섶의 목련은 하얀 꽃봉오리를 잔뜩 뽐내고 있다. 태원 자갈마당을 지나다가 밑을 내려다보고는 해녀의 상찬 유혹을 거부할 수 없었다. 바다에서 직접 잡아온 해삼이나 멍게라고 자랑하는데 그만 넘어갈 수밖에.

태종대에서 바라본 부산 앞바다

오르막이어서 가벼운 옷마저 거추장스럽다. 이따금 다누비 열차가 곁을 스친다. 태종대 전망대 가는 길. 많은 이가 전망대와 영도 등대를 향해 내려간다. 신선대에 들르려던 계획은 벽에 부딪쳤다. 신선대 도로 위로 커다란 바위가 쏟아져 내려 길이 막힌 것. 그나마 몇 년 전 와본 것으로 위안을 삼았다.

신선대의 섭섭함을 뒤로하고 더 내려갔다. 거센 해풍이 바위를 거칠게 때렸다. 해산물을 파는 대여섯 명의 해녀들의 손놀림에 꿈틀거리는 해삼, 멍게, 낙지가 군침을 돌게 했다. 지나칠 수 없어 주저앉았다. 이른 아침에 해산물을 두 접시나 해치웠다.

감지해변길, 밀려오는 파도소리에 젖다

―

태종사를 지나 다시 원점으로 돌아왔다. 교차로에서 좌측으로 돌아 감지해변으로 접어들었다. 태종대에서 보던 바다인데 또 다른 느낌이다. 감지해변에는 많은 이가 거세게 밀려오는 파도에 몸을 맡긴 채 윈드서핑을 즐기고 있었다. 넘실대는 파도의 결을 가르는 모습이 멋지다.

감지해변을 지나 중리산 자락을 따라 걷는 감지해변산책로를 찾았다. 쉼터에서 쉬며 바다를 바라보았다. 산자락을 타고 걷는 길이라 여유롭다. 맑던 날은 갑자기 어두워지고 마치 비라도 뿌릴 듯하다.

감지해변길

아슬아슬한 절영해벽길

중리바닷가에 들어섰다. 여기서부터는 해벽을 따라 걷는 절영길이다. 기괴한 바위로 이뤄진 길이 환상적이다. 절영해벽(絶影海壁)의 절영은 영도의 원이름인 절영도(絶影島)에서 유래했다. 이곳에서 낳고 자란 말(馬)이 너무 빨라 그림자조차 볼 수 없다고 해 생긴 이름이다.

아찔한 해벽에서 갯바위 낚시를 즐기는 이들이 간담을 졸이게 한다. 아름다우면서도 아슬아슬한 해벽길에서의 조망이 좋다. 거센 바람과 파도에 심하게 요동치는 부표, 그리고 이를 개의치 않는 듯 고요한 배들이 묘한 대조를 이룬다. 절영전망대와 출렁다리, 무

절영해안길에서 바라본 풍광

지개 분수대, 파도의 광장을 지나 새로 뚫린 흰여울 해안터널을 지났다. 절영해벽길과 흰여울마을을 연결하는 해안터널이다.

한국의 산토리니 흰여울마을

해안 벽을 가득하게 채운 모자이크 타일이 아름답다. 한국의 산토리니마을이라 부르는 흰여울마을이다. 마을 뒤 봉래산에서 흘러내리는 물줄기가 눈이 내리는 것처럼 보인다 해서 흰여울마을이라는 이름이 붙여졌다,

이곳은 피난민들이 영도다리를 건너 마지막 기착한 마을로, 바

닷가 절벽 위에 오밀조밀 꽉 차게 들어서 있다. 옹기종기 모인 집들과 마을 골목길들이 미로처럼 이루어져 이곳에 정착하면서 고단한 삶을 살았을 힘든 피난민들을 보는 것 같다. 젊은이들이 찾아와 벽을 색칠하고 예쁜 가게를 열면서 바다 곁 산비탈의 낡은 주택가가 바다와 어우러진 한국의 산토리니로 재탄생하였다.

흰여울마을에서 해안 절벽에 다닥다닥 붙어서 의지해 집을 짓고 서로를 부둥켜안은 따뜻함을 나눈 삶의 모습을 본다. 제2의 고향이 된 부산, 그리고 삶의 애환이 서린 영도다리. 척박한 해변을 끼고 정착을 했던 피난 시절 우리네 어머니 아버지 형님 누님들이 오늘 걸은 곳곳에 있다. 현인 선생의 구수한 목소리로 굳세어라 금순아가 흘러나온다.

나도 모르게 따라 부른다.

“눈보라가 휘날리는 바람찬 흥남부두에⋯ ”

천사의 섬에서 생(生)의 길을 걷다
– 신안 1004섬 노둣길 트래킹

- **출발지 주소** 전남 신안군 증도면 병풍리 산 170-2 대기점도 항
- **걷는 거리** 11.5km
- **소요시간** 4시간 30분
- **걷기 포인트** 섬들을 연결하는 노둣길을 따라 걷는 12사도 순례길
- **난이도** 하
- **걷는 구간** 대기점도~소기점도~소악도~딴섬

노둣길로 이어진 12사도 순례길

갯벌 천국인 신안은 크고 작은 섬으로 이루어진 섬의 천국이다. 1004개라서 천사섬인 신안은 물이 차 있는 만조(滿潮)에는 섬들이 바다에 징검다리를 올려놓은 것처럼 점점이 뿌려져 있다가, 물이 빠지는 간조(干潮)에는 섬들이 검은 갯벌에 알알이 보석을 수놓은 것처럼 모습을 바꾼다.

바다 밑이 거대한 펄밭인 신안의 몇몇 섬은 간조가 되면 마치 한 섬처럼 펄로 연결된다. 건너편 섬으로 가기 위해 돌이 드러난 갯벌 위에 하나씩 올려서 섬과 섬 사이를 건널 수 있는 돌 징검다리인 노둣길[路頭]이 놓이게 된 것이다. 세월이 흘러 사람만 다니던 길이 지금은 차 한 대 다닐 수 있는 바다 위의 길이 된 것이다.

천사섬(신안) 12사도 순례길은 대기점도, 소기점도, 소악도, 진섬, 딴섬에 있는 작은 사도의 집을 따라 노둣길을 건너며 걷는 순례길이다. 밀물에 물이 차면 잠시 쉬고, 썰물이 되면 다시 길을 걷는 자연 친화적이고 힐링을 얻는 길이다. 사도들의 집은 12명의 유명 건축가가 사도의 상징으로 독특하게 건축하였다.

아침이 막 기지개를 켤 무렵 부지런한 사람들이 삼삼오오 모여 있다가 배에 오른다. 바다에서 불어오는 찬 바람에 어깨가 움츠려진다. 봄이 완연한 4월의 시작이지만 아직 아침 바람은 차다. 송공항을 뒤로하고 6시 50분 목적지를 향해 배가 출발하였다.

바다를 가로질러 압해도(押海島)와 암태도(巖泰島)를 연결하는 압도적인 천사대교를 지나갔다.

대기점도(베드로, 안드레아, 야고보, 요한, 필립의 집)

———

다도해의 크고 작은 섬들이 느리게 왔다가 사라지길 몇 차례 출발한 지 50여 분 만에 대기점도 선착장에 도착했다.

선착장에 내리면 예수의 첫 번째 제자인 베드로의 집[건강의 집, 작가 김윤환]이다. 깨질듯한 파란 하늘은 하얀 집과 대비되며 눈이 더 짙고 시리다. 지중해풍의 돔형 건물 옆으로 시작의 종이 눈에 들어온다. 천국의 문을 두드리듯 힘차게 손으로 '댕그렁' 종을 치고 섬

베드로의 집

을 향해 걸음을 내디뎠다.

아침 햇살에 비친 포구는 걷는 자의 마음을 두근거리게 한다. 만
조를 지나 썰물이 시작되었으나 시간이 얼마 되지 않아 펄은 보이
지 않고, 파도는 섬 가까이에 곡선을 그리며 긴 흔적을 남겼다 사라
지곤 한다. 시간이 흐르면 차츰차츰 바다는 점차 검은 흙을 드러낼
것이다.

선착장 길을 따라 섬 안으로 들어선다. 섬의 오른쪽으로 걷기 시
작하여 북촌마을 입구에 도착하자 마을을 마주 보며 병풍도를 등
지고 서 있는 두 번째 제자 안드레아의 집[생각의 집, 작가 이원석]이
보인다. 해와 달의 형상이라는 두 개의 지붕 꼭대기 위엔 하얀 고양

안드레아의 집

안드레아의 집에서 바라본 병풍도

이상(像) 두 마리가 바다를 바라보고 있다. 바다를 바라보는 고양이상은 무슨 생각을 할까? 안드레아의 집 뒤로 멀리서 외줄 타기를 하는 것처럼 병풍도에서 노둣길을 건너오는 사람의 모습이 아주 조그맣게 점으로 나타났다.

안드레아의 집 지붕의 고양이

이른 새벽 쌀쌀한 기온은 살갗을 간지럽히는 싱그런 봄바람으로 바뀌었다. 마을의 지붕은 온통 붉은 페인트로 칠해져서 눈에 도드라진다. 유럽의 붉은 지붕을 연상해서 이랬을까? 마을 앞과 길 주변엔 군데군데 유채꽃이 피어 있다.

북촌마을을 지나 잠시 길을 따라가니 삼거리다. 삼거리에서 바라보니 멀리 논길 지나 숲 앞에 세 번째 제자 야고보의 집[그리움의

야고보의 집

집, 작가 김강[이 보인다. 홀로 외떨어져 있어서 갔다가 돌아와야 한다. 시간도 여유 있고 천천히 제베대오의 아들 야고보의 집으로 향했다.

숲 옆으로 듬성듬성 고개를 내민 진달래가 발길을 잡는다. 더 짙어진 붉음을 자랑하는 진달래꽃 위로 푸른 하늘이 비치고 풀섶에선 푸드득 새 한 마리가 날아오른다. 오늘은 내가 첫 손님인 모양이다. 꽃도 반기고 새도 반기고 풀과 나무도 반긴다. 흐르던 땀은 시원한 바람에 순식간에 사라진다.

야고보의 집 몸체는 흰 벽돌과 석회로 덮여 있고 지붕은 붉은 기와다. 벽면에 새겨진 부조는 성덕대왕신종의 비천상을 오마주해 아주 독특했다. 창문을 통해 들어온 빛은 부조의 미세한 굴곡에 따라 밝음과 어둠의 농도를 주어 독특한 공간을 만들어 주었다.

요한의 집

다시 길을 나서 남촌마을에 있는 네 번째 제자 요한의 집[생명 평화의 집, 작가 박영균]으로 향했다. 신라의 첨성대를 오마주한 것으로 보이는 건물은 첨성대처럼 벽돌을 차곡차곡 둥글게 쌓아 올리고 그 위를 석회로 마감하였다. 요한의 집 문에서 바다를 바라보면 병풍도와 여러 섬이 펼쳐져 있다.

좌측으로는 길게 이어진 선착장 길이 보이고 끝에는 길의 시작인 베드로의 집이 조그맣게 보인다. 베드로의 집에서 보이지 않던 주변의 모습이 이곳에서는 전체가 조망돼 바라보는 시점에 따라 전체가 보이고 부분이 보이는 것이다. 사람 사는 모습도 이와 다르지 않으리라.

대기점도의 마지막인 다섯 번째 제자 필립의 집[행복의 집, 작가 장미셀 후비오, 파코, 브루뇌]은 소기점도 가는 노둣길이 시작되는 곳이다. 물고기 비늘 모양의 지붕을 가진 집에 가까이 다가갈수록 가

소기점도 가는 노둣길

려졌던 바다 건너 소기점도가 눈에 들어오고 집 앞에 이르자 아래
로 바다가 열리고 노둣길이다. 길을 시작할 때는 물이 가득했으나,
시간이 흘러 바닷물은 저만치 물러나고 갯벌은 시커먼 얼굴을 드
러냈다. 생명의 땅이 드러난 것이다. 소기점도에서 건너오는 사람
들이 노둣길에서 집까지 이어졌다. 지금껏 사람들을 보지 못했는
데 소악도에서 내려 거꾸로 오는 순례자들이다.

소기점도(바르톨로메오, 토마스, 마테오의 집)

어느 바다가 섬과 섬 사이에 돌 징검다리[路頭]를 놓고 건널까.

갯벌의 천국인 신안의 몇몇 섬에서만 존재할 수 있고, 지금 내가 이 자리 그 노둣길 앞에 서 있다. 돌을 던져 다리를 놓아야 했고 갯벌에서 생업을 해야 했던 옛 섬사람들의 고단함이 온몸으로 전해졌다. 돌 징검다리에 길을 닦아 이제는 작은 차가 다닐 수 있는 길이 되었지만 노둣길은 여전하다. 다만 시대가 바뀌었고 길의 모습만 바뀌었을 뿐…:

노둣길을 건너 소기점도에 들어섰다. 뒤를 돌아보니 대기점도는 눈앞이지만 섬을 공간 이동한 것처럼 벌써 아득하다. 길을 따라 섬의 왼편으로 돌아가자 길 왼쪽으로 호수가 있고 호수 안에는 황금빛 구조물이 물에 반사되어 아름답게 떠 있다. 예수의 여섯 번째 제자 바르톨로메오의 집[감사의 집, 작가 장미셸]이다. 찬찬히 호수를 한 바퀴 돌면서 스테인드글라스로 지어진 조형물을 바라본다. 색유리는 호수에 반영되어 물주름에 반짝거린다.

바르톨로메오의 집

토마스의 집

호수를 지나 길을 따라 해안을 걸어 삼거리에 도착했다. 직진하면 소기점도 선착장이고 오른쪽 일곱 번째 제자인 토마스의 집으로 향했다.

언덕 위 하얀 토마스의 집[인연의 집, 작가 김강]은 유채꽃으로 화려했다. 바다를 바라보고 있는 조형물은 진한 파란색 문과 창틀을 가지고 있다. 벽에는 예수의 기적을 보인 오병이어의 모습이 양각되어 있다.

토마스의 집을 지나자 바다를 바라보고 걷는 자들을 위한 의자가 놓여 있어 자리에 앉아 바다를 바라본다. 길을 서두를 필요는 없다. 몸이 지치면 잠시 쉬어가는 것도 또한 길 걷는 자의 기쁨이고 소기점도의 마지막 지점이라 잠시 쉬어가리라.

노둣길 마태오의 집

소기점도와 소악도 사이 노둣길 중간에 그리스 정교회 교회를
닮은 황금색 돔의 건축물이 예수의 여덟 번째 제자 마태오의 집[기
쁨의 집, 작가 김윤환]이다. 지금처럼 물이 빠지면 노둣길 위의 교회
이지만 바닷물이 가득 차는 만조에는 바다 위의 교회가 되는 독특
한 건축이다.

소악도(작은 야고보의 집)

소악도에 들어섰다. 소악도는 산으로 가로막혀 오른쪽 해변으
로 따라 걷기 시작하자 잘 구획된 논이 나타난다. 순간 내가 섬이
아니라 육지를 걷는 착각이 들었다. 섬의 중간쯤의 소악교회를 지
나 길을 진행하자 다시 진섬을 건너는 노둣길 앞 삼거리이고 쉼터

가 있다. 쉼터 앞 바다는 낡은 나룻배 한 척이 있어 시간이 정지되어 오래전부터 그곳에 있었던 듯하여 한참을 멍하니 바라보았다.

쉼터에서 오른편으로 100여 미터 들어가면 산으로 올라가는 숲 앞에 소악도에 있는 유일한 사도의 집이 있다. 아홉 번째 제자인 작은 야고보의 집[소원의 집, 작가 장미셸]이다. 동화 속에 나옴직한 미끄럼틀 모양의 아름다운 곡선의 지붕과 색유리로 만든 물고기 모양의 창이 어울린 독특한 건축물이다.

진섬(유다 타대오, 시몬의 집)

소악도에서 노둣길을 걸어 진섬으로 들어갔다. 노둣길이 끝나는 지점에 알패오의 아들이며 작은 야고보의 형제인 유다 타대오

유다 타대오의 집

시몬의 집

의 집[칭찬의 집, 작가 손민아]이 소악도를 바라보고 서 있다. 건축은 왕관 모양의 건물과 뾰족한 지붕마다 달린 네 개의 작고 앙증맞은 창문이 있다.

우측으로 길을 따라 숲길로 들어섰다. 600여 미터를 더 들어가자 모래언덕에 시몬의 집[사랑의 집, 작가 강영민]이다. 문이 없는 건물을 통해 바다가 바라보이는 것은 저 넓은 세계로 퍼져나가자는 뜻이 아닐까. 단순한 건축물이지만 열린 세계로 퍼져가는 종교의 의미로 해석된다.

오늘의 마지막 사도 가롯 유다를 만나기 위해 숲속으로 난 길을 따라 딴섬으로 향했다.

숲길을 따라 걷다가 갑자기 숲이 없어지며 섬의 끝이다. 건너편 아주 조그마한 딴섬이 보인다. 모세의 기적처럼 길이 바다로 연결되어 있다. 지금까지 섬과 섬이 연결되었던 노둣길이 아니라 온전한 바닷길이다. 만조가 되면 완전한 고립이 되는 섬이 딴섬이다.

딴섬은 열두 제자의 막내 가롯 유다의 집[지혜의 집, 작가 손민아]이다. 뾰족지붕과 붉은 벽돌, 둥근 첨탑의 고딕 양식 건축물이다.

11명의 제자들이 섬과 섬 사이 노둣길을 통해 스승 예수와 연결되어 있다면, 예수를 제사장들에게 팔아넘긴 막내 가롯 유다의 집은 노둣길이 아닌 바다 건너 딴섬이라는 단절의 공간에 위치해 있었다.

평안을 얻는 길

아침 대기섬 선착장에 도착하여 시작한 길은 소기점도와 소악도, 진섬을 지나 딴섬에서 끝이 났다. 섬과 섬 사이 노둣길과 싱그런 4월의 봄바람에 하늘거리는 꽃과 들풀, 맑은 하늘과 같이 한 12사도 길을 마감하였다.

다섯 개의 작은 섬에 예수의 열두 제자를 모티브로 하여 펼쳐진 길은 종교인에겐 종교의 길이고, 비종교인에게는 섬과 노둣길과 건축을 통해 얻는 힐링의 길이다.

단절된 시대에 징검다리를 놓듯 12사도 순례길은 소통과 교류의 장이며, 생명의 길이었다. 그저 자유로이 길을 걸으며 마음을

놓겠다고 왔다가 오히려 더 많은 것을 가지고 가는 가슴 벅찬 길이
었다.

5월
자연의 향기에 취해 길 위로 발길을 디디며

선비의 자취를 따라가다
– 경남 거창 선비문화유적 답사길

- **출발지 주소** 경남 거창군 위천면 황산리 750-3 수승대 관리사무소
- **걷는 거리** 14km
- **소요시간** 5시간 30분
- **걷기 포인트** 수승대를 출발해 원점으로 회귀하는 선비길
- **난이도** 중하
- **걷는 구간** 수승대~이태사랑바위~농산리 석조여래입상~갈계숲~수승대 출렁다리~
  관수루~수승대

척수대에서 바라본 풍경

며칠째 자욱했던 미세먼지가 사라졌다. 이른 아침의 맑은 공기
는 기분 좋은 긴장감을 준다. 전부터 가보리라던 거창으로 향한다.
봄이 지나가기 전 두고두고 가보리라 했던 곳이기에 기분이 좋아
콧노래가 저절로 나온다.

거창은 깊은 산과 맑은 계곡의 풍광이 일품이고 아름답기로 유
명하다. 특히 위천(渭川)을 따라 이어지는 위천면의 정온 고택과 수
승대, 북상면의 강선대와 갈계숲 등 선비의 자취가 짙게 남아있는
곳이다.

근심을 씻고 헛된 명리를 비우러 가는 길

봄기운이 여물어 어느덧 햇볕이 뜨거워 그늘을 찾게 한다. 수승
대 주차장을 출발해 위천을 따라가다 강을 깔고 앉은 큰 바위 척수
대(滌愁臺)에 이르렀다. 척수란 근심을 씻는다는 뜻이다.

수승대에서 흘러내린 위천(渭川)이 척수대 벼랑을 굽이치며 깊
은 소(沼)를 만들었다. 큰 바위에 앉아 숙종 때의 명의 유이태가 이
곳에서 여우와 사랑에 빠졌다 해서 '이태 사랑바위'라고도 부른다.

아름드리 소나무길을 지나 위천을 건너 능
허정(凌虛亭)을 향했다. 봄이면 벚꽃이 위천을
가득 덮는데 시절이 맞지 않아 아쉽기만 하다.
강에는 원앙 한 쌍이 서로를 희롱하며 물질을

하고 있다.

능허정에 이르렀으나 문이 잠겨 있어 들어가지 못하고 담장 밖 먼발치에서 바라본다. 정면 세 칸 측면 두 칸이고, 난간은 닭발 모양의 계자난간(鷄子欄干)이고, 팔작지붕 정자가 고아한 주인의 풍취를 닮았다. 능허의 뜻이 헛된 명리를 업신여기는 것이니 선비의 도리를 말함인가. 이곳은 조선 초기 확계(蠖溪) 정옥견(鄭玉堅)이 은거하여 소일하던 곳으로 들어서는 입구가 풀로 덮여 있고 문은 잠겨 있어 찾아온 후인은 안타깝기만 하다.

선비의 흔적이 서린 공간에서 자신을 되돌아보다

능허정을 나서서 동계 정온의 종택으로 향하다 대나무가 집 뒤로 병풍처럼 감싼 고풍스러운 집이 보인다. 동계 정온의 후손으로 조선 헌종 때 영양현감을 지낸 야옹 정기필(鄭夔弼)의 고택이다. 스스로 자신을 되돌아보고 반성한다는 뜻의 반구헌으로, 집 뒤를 병풍처럼 감싸안은 대나무와 그대로 한 몸인 듯 조화롭다. 과거에는 더 번성했겠으나 지금은 본채와 사랑채만 남았다. 반구헌 뒤란에 병풍처럼 나란히 서 있는 대나무는 가볍게 이는 바람에도 서로 고개를 맞대고 댓잎의 속삭임에 귀가 간지럽다.

반구헌을 나와 바로 솟을대문에 쓰인 '문간공 동계 정온지문(文簡公桐溪鄭蘊之門)'을 지나 종택으로 들어섰다. 'ㄱ'자형 사랑채가 눈앞에 들어온다. 사랑채를 지나 안쪽으로 돌아가니 'ㅡ'자형 안채가 자리하였다. 안채 오른쪽으로 뜰아래채, 왼쪽에 곳간채가 있다. 안채의 뒤에는 정온을 모신 사당 등 사대부 종가집의 모습이 고색창

반구헌과 대나무

동계 정온 종택 솟을대문

연(古色蒼然)하다.

이 종택은 조선 중기 때 문신 동계(桐溪) 정온(鄭蘊, 1569~1641)이 태어난 집으로, 후손들이 순조 20년(1820)에 다시 지었다. 동계 정온은 광해군의 영창대군 처형을 반대했다가 제주에서 10년을 귀양살이를 했고, 병조호란 때는 인조가 청나라에 항복을 하자 고향으로 낙향하여 이곳에서 5년을 지내다 세상을 떠났다. 이조참판을 지냈고 사후 영의정으로 추증되었다.

쉬엄쉬엄 쉬어 가며 정자와 돌부처에 해찰하다

마항마을을 지나 동계 정온 선생이 모리재를 오가며 쉬었던 지석정에 도달했다. 지석정은 길 옆으로 작은 동산처럼 솟은 곳에 커다란 소나무 한 그루가 고고히 서 있고 바로 옆은 큰 바위가 놓여 있다. 오르기 좋게 놓인 돌을 밟고 지석정에 올랐다. 몇 사람이 앉아 시도 읊고 담소도 나눌만한 자리가 있어 잠깐 쉬고는 주위를 둘러보았다.

소나무가 그늘을 주고 바위에 앉아 쉴만한 곳이니 정온 선생이 모리재를 오르다 자주 들렀겠다. 뒤편 바위에는 사람들의 이름이 희미하게 새겨 있어 이곳을 지나던 선비들이 공명심에서 남겨 놓은 게 아닐까?

지석정을 내려와 작은 동산을 돌아가는데 주위를 흐르던 개울물에 산산이 떨어진 진달래 꽃잎이 지나는 걷는 자의 마음을 붉게 물들인다. 지석정을 뒤로 두고 길을 따라 말목고개로 향했다.

오랜 세월 자리를 지킨
농산리 석조여래입상(石彫如來立像)

여름은 이르지만 벌써 햇볕이 뜨겁다. 말목재 터널을 지나 고개를 넘어 내려가 농산리 석조여래좌상[보물 제1436호]이 있는 곳에 도착했다. 불꽃무늬의 광배(光背)와 연꽃 모양의 대좌(臺座)를 갖춘 통일신라시대의 돌부처가 서 있다. 본디의 바위에서 만들어지고, 1300여 년을 한 자리에서 오랜 세월 거무티티하게 채색되어, 시간의 풍상을 간직한 돌부처의 모습에 숙연해진다. 그러나 오랜 시간

농산리 석가여래입상

은 부처의 손이나 광배 등의 파손을 막을 수 없어 보는 내내 안타까
웠다.

강선대(降仙臺), 신선이 내려와 경치를 즐기다

농산리 돌부처님을 뒤로하고 금원산(金猿山) 북쪽 끝자락에 있
는 강선대에 이르렀다. 월성천을 따라 흘러 내려온 위천은 거세게
바위를 때리며 하얀 포말(泡沫)을 뿜어냈다. 상류의 공기와 산하의
모습을 기억하고 흘러온 물은 나의 기억까지 간직하고서 저 바위
에 거칠게 부딪히고 어우러져 저 아래로 흘러 대해로 흘러갈 것이
다. 제행무상 공수래공수거인가….

바위에 아슬하게 핀 진달래가 거센 물살에도 꿋꿋하다. 강바닥은 온통 화강암인데 마치 물결 모양이어서 물이 흐르는 것처럼 느껴진다. 억겁의 세월을 휘돌아 곡류하는 거센 물줄기는 강바닥의 화강암 바위에 결을 새기고 파도 모양의 물결무늬를 수놓았다.

정온 선생이 말년 고향으로 내려와 살았던 모리재 초입에 있는 장소로 바위에 한자로 '降仙臺(강선대)'라고 음각되어 있다. 마땅히 강 옆 거대한 바위 강선대에 신선들이 내려와 이 경치를 즐겼으리라.

건너편 모암정(帽巖亭)은 강선대와 더불어 한 폭의 산수화를 담은 것처럼 아름다워 월성계곡의 풍취를 더해주고 있다.

모암정을 나와 정면 4칸 측면 1칸의 소박한 만월당(滿月堂)을 지난다. 만월당 정종주(鄭宗周)를 기려 1666년(현종 7)에 세운 건물로 1786년에 중건하여 오늘에 이르고 있다.

만월당

갈계숲과 갈천마을 은진 임씨 고택

만월당을 지나 좌측으로 들어서니 갈계숲이다. 숲은 은진 임씨(恩津林氏)들의 숲으로 석천(石泉) 임득번(林得蕃)과 그의 아들 갈천(葛川) 임훈(林薰) 등이 시를 지으며 노닐던 임정(林亭)이다.

내내 맑던 날씨가 비라도 올 것처럼 흐려지기 시작했다. 청학교를 건너자 나무 위로 큰 새들이 머리를 파묻고 있는 게 보인다. 학인가 하고 바라보니 학이 아니고 왜가리다. 교각의 이름이 청학교(靑鶴橋)여서 그런 생각을 했다.

길을 따라 들어가니 가선정과 도계정, 병암정과 신도비 등이 소나무, 느티나무 등과 어울려 뛰어난 풍경을 만들어내고 있다. 숲의 좌우로 흐르는 시냇물은 덕유산에서 발원한 갈천이다. 본디 하나로 흐르다 숲에 이르러 동서로 나뉘어 흐르니 갈계숲은 자연적으로 아름다운 섬이 되었다. 소나무 아래엔 노란 산괴불주머니가 바짝 들고 서로를 뽐내고 있다. 이리저리 돌아다니며 숲에 취했다.

숲을 나오면 갈계마을로, 500여 년 된 은진 임씨(恩津林氏) 집성촌이다. 마을에는 오래된 옛집들이 보인다. 갈계리 임씨 고가(林氏古家)와 서간소루(西澗小樓, 인승

서간소루

신(林承信)이 학문을 닦던 곳)의 푯말을 보고 찾아 들어갔다. 사대부의 위세를 자랑했을 솟을대문을 들어서면 서간소루와 사당, 대문채, 협문 등이 있다. 돌 위에 흙을 놓아 자연스럽게 어울린 담장은 예스럽다. 담장 밑으로 노란 수선화가 서로가 같은 키 높이로 고개를 내민 모습이 화려하지 않고 담장을 닮아 소담스럽고 예쁘다.

천하제일의 산수화를 벗삼아 자연에 푹 빠지다

갈계마을을 나와 위천을 따라 걷다 용암정(龍巖亭)에 도달했다. 길을 새로 만드는 중이라 잠깐 지체를 했으나 제대로 찾아들었다. 용암 임석형(1751~1816)이 바위 위에다 지은 정자이다. 난간에 올라 강을 바라보니 계곡이 화강암 암반이라 물이 바위 위를 미끄러

지듯이 흘러내린다. 물 위로 드리워진 꽃송이가 금방이라도 떨어질 듯하여 마음을 졸인다. 정자에는 편액이 동서남북으로 붙어 있는데 용암정(龍巖亭), 반선헌(伴仙軒), 청원문(聽猿門), 환학란(喚鶴欄)이 걸려 있어 이상세계에 살고픈 초탈한 선비의 마음을 표현한 듯하다.

용암정을 나와 위천을 따라 수승대로 향한다. 수승대 가는 길은 산자락으로 접어들면서 데크로 이어져 걷기는 어렵지 않다. 길을 따라 갈수록 강폭은 넓어지고 강바닥엔 크고 작은 바위가 기묘하고 다양한 모양으로 가득하다. 오랜 기간 흘러내린 강물이 바위를 때리고 휘돌면서 다양한 모양새를 만들어냈을 터다. 많은 전설을 간직했을 길을 따라 2km 남짓 강을 경계하여 산자락을 끼고 따라서 갔다.

이곳은 산이 깊고 물이 맑아 은자의 삶을 추구하는 아름다운 원학동천(猿鶴洞天)이다. 선비의 궁극적인 꿈은 세상 깊은 곳에 정자를 짓고 숨어 은자(隱者)의 삶을 사는 것이다. 하지만 이런 아름다운 곳일수록 찾는 사람이 많으니 은자의 삶을 살고자 하나 그렇지 못하니 얼마나 아이러니인가.

멀리 조그맣게 거북바위(龜淵岩)가 보인다. 거북바위는 수승대의 또 다른 이름이다. 넓게는 건너편 요수정과 관수루, 구연서원을 합하여 수승대 지역으로 구분되기도 한다.

거북바위 앞에 이르자 위천이 모여 만들어진 구연(龜淵)이 거북바위를 떠받치고 있는 형태이다. 거북바위로 가까이 보기 위해 구연교(龜淵橋)를 건너니 평평하고 너른 암반이 있고 물이 흐르는 곳에 '세필짐(洗筆溅)'이라 쓰고 물이 고이는 곳엔 '연반석(硯磐石)'이라고 써 이곳에 앉아 바위에 시를 쓰며 놀았을 선비들을 생각해 본다. 너럭바위에서 수승대를 바라보니 바위에는 온통 선비들이 남겨

수승대

수승대와 뇌계의 명명시가 음각된 글씨

수승대는 요수정에서 바라보면 영락없는 거북이 모양이다

놓은 시편과 글씨다. 글을 읽으며 돌아보다 구연서원 쪽으로 건너 거북바위를 바라보니 큰 글씨로 새긴 '수승대(搜勝臺)' 글씨 아래 '퇴계명명지대(退溪命名之臺)'란 글씨와 시가 있다. 수승대가 요수 신권에 의해서 퇴계 이황의 시편에서 이름을 따왔다 한다. 요수정과 구연서원을 세운 요수 신권이 퇴계 선생의 시편에서 수승대의 원이름은 수송대(愁送臺)였다고 하는데 이런 연유로 이름이 바뀌었다고 한다.

수승대는 암반 위를 흐르는 계류의 가운데 위치한 거북바위가 중심이다. 계곡의 건너편에는 요수정, 계곡의 진입부에는 구연서원(龜淵書院), 서원의 문루격인 관수루(觀水樓)는 요수정의 반대쪽에 마주하고 있다. 요수와 관수는 모두 계곡의 아름다움을 바라보고 즐기는 풍류의 멋을 음유하는 말이다. 요수정과 관수루에서는 거북바위가 위치한 수승대의 아름다운 풍광이 한눈에 들어온다.

계곡의 건너편에는 벼슬보다는 학문에 뜻을 둔 학자로 향리에 은거하며 소요자족했던 요수 신권(愼權, 1501~1573)이 제자들에게 강학을 하던 요수정(樂水亭)이 서 있다. 이 정자는 구연대와 그 앞으로 흐르는 물, 뒤편의 울창한 소나무 숲이 어우러져 수승대의 경관을 동천으로 승화시키고 있다. 요수는 아름다운 원학동계곡에 살던 신권의 성정을 짐작하게 하는 정자의 명칭이다. 요수는 《논어》의 〈옹야(雍也)편〉에 나온 "지혜로운 사람은 물을 좋아하고 어진 사람은 산을 좋아한다(知者樂水 仁者樂山)"는 글로 옛 선비들이 심산유곡의 산수를 즐기며 늘 마음에 두었던 문구다. 요수정은 1542년 구연재와 남쪽의 척수대 사이에 처음 건립되었으나 임진왜란 때 소실되었고 중건한 뒤 다시 수해를 입어 1805년 현 위치로 이전했다.

수승대의 동쪽에는 구연서원이 자리하고 있다. 요수 선생이

1540년(중종 35)에 서당을 세워 제자들을 가르친 곳으로, 1694년(숙종 20) 구연서원으로 명명되었는데 요수 신권, 석곡 성팽년, 황고 신수 등이 배향되어 있다. 구연서원의 문루인 관수루는 1740년(영조 16)에 세워졌다. 관수(觀水)는 《맹자》의 〈진심장(盡心章)〉에 등장하는 문구다. "물이 흐르다 구덩이를 만나면 이를 다 채운 다음에야 비로소 앞으로 흘러간다(流水之爲物也 不盈科不行)"며 물의 속성을 강조한 글이다. 군자의 학문은 웅덩이를 채우는 물과 같아서 한 웅덩이를 가득 채운 후 비로소 그다음을 향해 나아가야 한다는 학문의 방법을 담고 있다. 또한 아름다운 동천의 계곡에서 지혜를 가진 사람이 어떻게 물을 관조할 것인가에 대한 철학적 의미를 제시하고 있는 심오한 명칭이라 할 수 있다.

수승대 앞 너럭바위에는 연반석(硯磐石)과 세필짐(洗筆潗)이라는 글자가 새겨져 있다. 연반석이란 거북이가 입을 벌린 모양의 장주암(藏酒岩)에 앉은 스승 앞에서 제자들이 벼루를 갈던 바위란 뜻이고, 세필짐은 수업을 마친 제자들이 졸졸 흐르는 물에 붓을 씻던 자리라는 의미를 담고 있다. 장주암 위에는 오목한 부분이 있는데 이를 장주갑(藏酒岬)이라고 한다. 이곳에는 막걸리 한 말이 들어가는데 일정한 때에 시험을 보아 합격한 제자들만이 장주갑에 부어놓은 막걸리를 마실 수 있었다고 한다.

수승대는 옛날에 수송대(愁送臺)라 불렸다. 수승대가 위치한 이 지역은 원래 신라와 백제의 국경으로 백제 말, 신라가 백제 사신들

관수루

을 환송할 때 그들을 슬프게 돌려보냈다고 해서 수송대라고 했다. 그러다가 퇴계 이황이 이곳의 경치가 너무 아름다워 '수송'이라는 이름을 '수승'으로 바꾸어 명명한 후로 오늘날까지 수승대로 불리고 있다. 퇴계는 이름을 바꾸면서 수승대에 대한 〈명명시(命名詩)〉를 남긴다.

수송을 수승이라 새롭게 이름하노니

搜勝名新換

봄을 만난 경치 더욱 아름답구나

逢春景益佳

먼 산의 꽃들은 방긋거리고

遠林花欲動

응달진 골짜기에 잔설이 보이누나
陰壑雪猶埋

나의 눈 수승대로 자꾸만 쏠려
未寓搜尋眼

수승을 그리는 마음 더욱 간절하다
惟增想像懷

언젠가 한 동이 술을 가지고
他年一樽酒

수승의 절경을 만끽하리라
巨筆寫雲崖

마음의 때를 씻는 칠암자 순례길을 걷다
– 지리산 도솔암, 실상사, 삼불사 답사길

- **출발지 주소** 경남 함양군 마천면 삼정리 697-4
- **걷는 거리** 19km
- **소요시간** 8시간
- **걷기 포인트** 지리산 함양 마천의 도솔암에서 전북 남원의 실상사까지 칠암자를 걷는 길
- **난이도** 최상
- **걷는 구간** 마천면 삼정리~도솔암~영원사~상무주암~삼불사~문수암~약수암~실상사

도솔암

영원사

칠암자 순례길은 지리산 뱀사골의 동쪽 산록인 삼정산(1225m) 품에 있는 도솔암(兜率庵), 영원사(靈源寺), 상무주암(上無住庵), 문수암(文殊庵), 삼불사(三佛寺), 약수암(藥水庵), 실상사(實相寺) 등 세 군데의 절과 네 군데의 암자를 걷는 길이다. 이 길은 함양군 마천면 양정마을에서 시작하여 산내면의 실상사에서 마무리한다.

어제 내린 비는 미세먼지 가득한 대지를 깨끗하게 씻어주었다. 오늘은 비 갠 뒤의 맑고 신선함으로 몸이 날아갈 듯 가볍다. 구름 없는 하늘, 햇볕은 내 머리 위로 내려앉았다. 내내 나를 가두며 구름처럼 일던 번뇌는 실타래가 풀리듯 사라졌다.

두류선림(頭流禪林)의 중심에 들어서다

양정마을에서 출발하여 임도를 타고 2km 남짓 오르다 영원사를 앞에 두고 도솔암(兜率庵, 1165m)으로 향했다. 오가는 사람이 드물어 누구의 간섭도 받지 않는 완전한 자유를 누리며 천천히 걷는다. 길을 가다 돌 틈 사이를 비집고 나온 어린 전나무를 본다. 도대체 살아날 것 같지 않은 곳에서 살아내는 모습에 외경을 느낀다. 산을 타고 내리는 계곡물 소리에 마음이 고요해진다. 편안하던 길이 가파르다. 도솔암이 높은 곳에 자리 잡았으니 만나기 위해서는 감수해야 한다. 돌계단을 지나 도솔암 산문에 들어섰다. 병풍을 두르듯 산이 도솔암을 품에 안은 모양의 명당이다. 마당에 서서 지리산 주능선을 바라보니 천왕봉이 눈앞에 다가섰다.

도솔암을 내려와 임도로 300여 미터를 오르니 영원사다.

합천 해인사의 말사로 함양군 마천면 삼정산 동남쪽 중턱에 자리 잡은 영원사(靈源寺, 895m)는 신라시대에 창건되었다는 설이 있지만, 그 어디에도 근거를 찾아볼 수 없고 영원대사가 조선시대 스님인 점으로 미루어 조선시대에 창건되었을 것으로 짐작할 뿐이다. 한때는 지리산 안쪽에선 제일 큰 100칸이 넘는 큰 사찰로 큰 스님들이 많이 머물렀던 곳이었으나 6.25 때 소실되어 지금은 세월의 야속함만 남아있다.

바람이 불자 봄빛을 가득 품은 연록의 나무들이 웅성거리기 시작한다. 나뭇가지마다 무성한 잎은 무리를 지어 웅성웅성 바람에

더 유난하다. 영원사 표지석을 지나 산 중턱을 가로지르는 구도의
길을 따라 산문에 들어섰다. 정오를 넘긴 햇볕은 눈이 부시게 내렸
지만 덥지도 않고 시원하다. 길게 가로로 이어진 영원사 오르는 길
이 마치 인생길과 같다는 생각을 해본다.

산문에 들어섰다. 법당의 편액을 바라보니 두류선림(頭流禪林)
이다. 지리산의 다른 이름이 두류산으로, 영원사가 지리산 내에서
가장 큰 사찰이었으니 당연하게 보인다. 법당 앞에 서서 아래를 바
라본다. 탐스럽게 피어난 불두화 너머로 내가 걸어온 아스라한 길
이 겹쳐 보인다. 내가 살아온 날이 길에 이입되어 한동안 장승처럼
밑을 바라보며 서 있었다.

일체의 경계가 존재하지 않는 산사를 거닐며

영원사를 떠나 가파르게 산길을 올라야 한다. 크고 작은 돌이 있
는 너덜길을 따라 오르다 보면 산죽이 지천이다. 대나무에 꽃이 피
면 한 생을 다한 대나무가 진다고 그러는데 온통 산죽에 꽃이 피었
다. 대꽃은 귀해서 수십 년이나 수백 년을 만나지 못한다고 하는데
가득한 산죽꽃을 만났다. 지리산이 순례에 나선 내게 주는 귀한 선
물인 듯싶다.

빗기재를 넘어 삼정산(1225m) 정상 갈림길에서 우측으로 돌아
칠암자 중 도솔암 다음으로 높은 상무주암(上無住庵, 1162m)에 도
착했다. 상무주는 사람이 쉽게 걸음하기 어려운 곳에 있기에 편액

상무주암

상무중암을 지나며

의 뜻과 일치한다.

상무주(上無住)는 일체의 경계가 존재하지 않은 것이니 이곳이 참선하기에는 최고의 길지가 아닌가. 보조국사 지눌이 이곳에서 이년 간 머물며 크게 깨달음을 얻었다.

그래서일까. 스님이 암자 내부의 사진을 찍지 말라고 한다. 수행하는 공간이라 잡인의 출입에 신경이 많이 쓰이나 보다. 아름다운 암자의 바깥 전경만 사진에 담았다. 암자 밖으로 돌담이 높고, 길도 잘 만들어 놓아 길 따라 지나가라는 뜻인가 보다. 그래서 상무주암을 지나면 사람 쉴 곳이 있고 '아니 온 듯 다녀가시란' 글귀를 두었나 보다.

상무주암을 떠나 싱그런 나무의 향을 느끼며 호젓한 숲길을 따라 살짝 오르내림을 반복하며 걷는다. 커다란 바위 아래 흐르는 약수가 길손의 목을 축인다. 길을 재촉하여 살짝 고개를 넘어 풍광이 아름다운 암자인 문수암(文殊庵, 1060m)에 도달한다. 규모는 작지만 정갈하고 아늑한 느낌이 든다. 암자 뒤편 커다란 바위에는 자연의 '천인굴(일명 천용굴)'이 파여 있고, 이곳에선 마르지 않는 석간수가 흘러나와 문수암의 식수로 쓰인다. 임진왜란 당시 마을 사람 천여 명이 이곳에서 몸을 피했다는 얘기가 전해진다. 이삼십 명이 있어도 가득한 이곳에 그만한 숫자가 있었다는 것은 과장된 전설이고, 사실이라면 아마도 이곳 근처 어느 장소에 많은 인원이 난을 피했으리라 짐작해본다.

문수암에서 바라본 풍경

문수암 좁은 마당에 작은 의자가 놓여있다. 스님이 자리를 잡고 앉아 객과 도란도란 이야기를 나누고 있다. 혹여 스님이 일어나실까 기대해 보지만 한참을 그대로다. 의자에 앉아 넓게 펼쳐진 눈앞의 산을 바라보면 삼라만상을 품은 자연을 가슴에 한가득 품어보련만 자리에서 붙박이다.

아쉬움을 뒤로하고 꼭 다시 오리라는 다짐과 함께 삼불사로 향한다.

지리산 깊은 골마다 산사의 향기 그윽하고

문수암에서 삼불사(三佛寺, 990m)까지는 먼 거리는 아니지만, 오

삼불사   약수암

르내림도 있고 돌이 많은 너덜길이라 만만하지는 않다. 돌길을 따라 걷다가 어느새 삼불사가 눈앞이다. 행복한 칠암자 걷기에 몸은 힘이 드나 마음은 상쾌하다.

삼불사 앞의 요사채에선 연기가 피어오르고 있다. 비구니스님의 참선도량으로 알고 왔는데, 비구니스님은 보이지 않고 비구스님이 암자를 지키고 있다. 삼불사 본사보다 더 특이한 전각이 산신각이다. 스님의 말로는 여러 사찰의 산신각 중 이곳이 아주 영험하여 전국의 많은 분이 이곳에 온다고 한다. 너무도 아름다운 풍광이다. 앞이 환히 트여 있어서 금대산과 백운산까지 눈앞에 잡힐 듯하다. 한동안 눈을 팔다가 약수암으로 길을 잡는다.

약수암(藥水庵, 560m)까지의 길은 아주 편안하고 최고의 길이다. 삼불사를 나서며 초입은 너덜길로 오르내림이 심해서 좀 험난한 길이 될 거란 생각을 했는데 초반에만 잠깐 힘들고 내내 소나무

실상사 보광전　　　　　　　　실상사 삼층석탑

잎이 쌓인 부드러운 흙길이다.

약수암에 도착했다. 약수암은 경내에서 항상 맑은 약수가 솟아나는 약수샘이 있어서 약수사란 이름의 유래가 되었다고 한다. 보광전(普光殿)의 목조 탱화는 보물인데 문이 닫혀 있어서 보지 못해 안타깝다.

산중은 해가 평지보다 짧아 곧 어두워진다. 마지막 실상사까지는 1.5km 남짓, 해가 떨어지기 전 실상사를 보려면 마음이 급하다. 약수암을 나서 실상사로 향했다. 시간이 벌써 오후 여섯 시를 넘기고 있다.

지리산 칠암자의 마지막 종착지인 금산사(金山寺)의 말사인 실상사(實相寺, 330m)다. 천왕봉과 마주하고 있는 대찰로, 통일신라 시대의 승려 홍천국사가 창건한 절이다. 국보 10호인 백장암 삼층석탑과 실상사 삼층석탑(보물 37호)을 비롯한 수많은 보물을 간직

실상사 석장승

한 사찰이다. 특히 실상사 삼층석탑은 상륜부가 원형 그대로 남아

있는 통일신라시대의 것으로, 불국사 석가탑 상층부를 복원할 때

이 탑을 본떠 복원하기도 하였다는 일화가 전해진다.

길을 시작할 때는 까마득하지만 돌아보면 아쉽기만 하고 다시 그리워지는 게 길이다. 걷는 내내 지리산의 웅장한 능선과 천왕봉의 모습을 바라보면서, 한없이 작은 나와 대자연의 숭고함이 대비되며 나를 괴롭히던 근심을 하나씩 덜어냈다. 부처님 오신 날을 즈음해서 걸은 칠암자 순례길은 나를 채우는 길이며, 동시에 나를 내려놓는 길이었다.

순례자는 선문 밖 석장승의 배웅을 받으며 산문을 나서 해탈교를 건너갔다.

봄날의 청풍호숫길을 걷다

– 청풍호 주변 정방사~만당암~얼음골 트래킹

- **출발지 주소** 충북 제천시 수산면 능강리 217-8
- **걷는 거리** 13.8km
- **소요시간** 6시간
- **걷기 포인트** 솔향을 맡을 수 있는 정방사 오르는 길과 정방사길, 금수암, 만당암, 취적대 등 명소와 동행하는 계곡길
- **난이도** 중상
- **걷는 구간** 능강교~정방사~능강계곡~만당암~취적대~얼음골

청풍호를 따라 능강교에 도착한 뒤, 정방사로 향했다.

정방사(淨芳寺)는 금수산과 청풍강의 맑은(淨) 물, 그리고 향기로운(芳) 꽃들이 어우러진 아름다운 절이다.

금수산(1016m)과 미인봉(596m)의 자락, 아찔한 절벽 아래에 자리 잡은 이 절은 자연과 조화를 이루며 그윽한 정취를 자아낸다.

정방사 앞마당에서 첩첩한 산들과 청풍호를 바라보다

능강교를 지나, 차 한 대가 겨우 지날 수 있는 도로를 따라 굽이진 산길을 오르기 시작했다. 나무 사이를 스치는 바람은 풀잎과 나뭇가지에 향긋한 내음을 실어 보낸다.

폭우가 쏟아질 것이라는 예보를 비웃듯이 하늘은 구름이 걷히기 시작했고 파란 하늘이 모습을 드러냈다. 구름에 가려졌던 태양은 뜨거운 열기를 내뿜으며 점차 기온을 상승시켰다. 그러나 숲은 그늘을 만들고 시원한 바람을 품어 더위를 식혀준다.

정방사 앞에 도착했다. 울퉁불퉁한 돌계단을 따라 천천히 걸음을 옮기니, 어느덧 사찰의 경내다. 정방사에는 여느 절에 있는 일주문이 없다. 대신 바위 사이로 나 있는 돌계단 자체가 정방사의 일주문, 곧 석문(石門)이다. 석문을 지나면 오른편으로는 범종각이, 왼편으로는 정방사의 본전인 원통보전(圓通寶殿)이 자리하고 있다.

법주사의 말사인 이 절은 크지 않지만 단정하고 아담한 품새다. 의상대사가 창건한 이래 1,400년의 세월을 품고 있는 절은 위치한 자리부터가 예사롭지 않다. 금수산(錦繡山)에서 발원한 기운이 신선봉과 미인봉을 지나 바위 절벽에 이르러 멈추며, 마치 산이 절을 보듬고 기대고 있는 듯한 모습이기 때문이다. 퇴계 이황 선생이 이 산을 '비단으로 수놓은 산'이라 칭송한 이유를 단박에 알 수 있을 만큼, 금수산의 지봉인 미인봉과 그 품 안의 의상대는 절과 한 몸처럼 자연스럽다.

원통보전 뒤 절벽 아래에는 움푹 팬 샘이 있다. 그곳에서 감로수처럼 맑고 시원한 물이 쉼 없이 솟아오른다. 바가지에 물을 가득 담아 단숨에 들이키면 가슴속까지 청명해진다.

본전을 등지고 서서 산 아래를 바라본다. 첩첩이 아른거리는 산들과 청풍호의 넓은 물줄기가 눈을 가득 채운다. 겹겹이 밀려드는 산세가 마치 잔잔한 파도처럼 가슴을 두드린다. 그 사이를 가로지

정방사의 해수관음

정방사 원통보전과 뒤로 보이는 의상대

르며 들려오는 풍경소리는 마음을 정갈하게 씻어준다.

원통보전 옆 해수관음보살상이 청풍호를 굽어보고 있다. 의상대사가 낙산사에서 꿈에 관음보살을 보고 해수관음을 세웠다는 이야기가 전해진다. 이곳 정방사도 의상대사와 인연이 깊은 터이니, 그 뜻을 이어 이곳에도 해수관음보살을 모신 듯하다. 바다처럼 드넓은 청풍호를 바라보는 보살의 자태는, 이 고요한 절경 속에서 더욱 숭엄하게 다가온다.

산신각(山神閣)과 지장전(地藏殿)을 둘러보고 정방사를 떠나 얼음골 생태길로 향했다.

걷는 자의 염원이 서린 생태길에 서서

—

정방사를 내려와 얼음골 생태길로 접어들었다.

청풍호 주변을 따라 조성된 자드락길로 능강교에서 한양지(寒陽地:얼음골)까지 능강계곡을 따라 5.4km를 걷는 제 3구간이다.

전날 내린 비는 계곡의 물을 가득하게 하였다. 계곡을 따라 흘러내린 물은 큰 바위에 부딪치고 돌아들며 거센 물살을 사방 돌 틈으로 분산시킨다. 숲길이지만 땀이 송글송글 샘솟는다. 계곡으로 뛰어들어 시원한 냉탕을 즐겼다. 온몸을 감싸는 차가운 냉기에 몸을 부르르 떤다.

계곡을 옆에 두고 숲길을 따라 걷다보니 염원을 담은 돌탑이 하나씩 보이기 시작한다. 국가의 안녕을 기원하는 글귀며 개인의 간절한 넘(念)을 담은 돌탑이 장관을 이룬다. 돌탑 옆으로 조그마한 주막이 객을 반긴다. 이 주막엔 노부부가 살고 있었다. 주변 밭을 일구고 객들에게 막걸리도 팔면서 생활하고 있다. 물어보니 부부가 십수 년을 쌓아올린 탑이라 한다. 한 가지 목표를 가지고 하다보면 불가능해 보이는 것도 이루어낸다.

만당암(晚塘巖)에 도착했다. 바위에 앉아 천렵을 즐기고 시를 읊었다는 너럭바위이다. 수십 명이 앉아도 될 만큼 널찍한 바위로 물이 흘러내려서 한여름 시원함을 즐기기에는 최고의 장소다. 만담암에서 길은 두 갈래로 갈리는데 계곡을 따라 취적대를 향해 오른쪽으로 진행을 했다.

만당암

한여름에도 냉기가 서리는 얼음골을 거닐며

산길을 따라 올라가면 아름다운 계곡이 나타난다.

취적담(翠滴潭)을 건너게 얼기설기 만든 목교를 건너 몇 걸음을 옮기면 취적대(翠滴臺)다. '푸른 물방울이 떨어지는 넓적한 바위'로 빼어난 절승지란 의미다. 약간의 과장도 있겠지만 전혀 무색하지 않은 아름다운 경치다. 잠시 쉬며 경치를 감상하고는, 한여름에도 냉기가 서리고 얼음이 언다는 얼음골을 향해 걸음을 옮겼다.

흔들다리를 지나고 망덕봉 오르는 길로 접어들었다. 삼복의 더위에도 얼음이 나는 곳이라 하여 한양지(寒陽地)라 일컫는 얼음골에 도착했다.

이곳의 얼음이 만병을 낫게 한다 하여 얼음을 찾아보았으나, 돌무더기 틈으로 나오는 냉기에 등골이 서늘할 정도로 시원하지만 얼음은 보이지 않았다. 찬바람이 나오는 돌무더기에 앉아 잠시 쉬었다.

얼음골 가는 길

하산길은 취적대에서 올라왔던 계곡길이 아닌 우측 산길로 접어들었다. 지금껏 보아왔던 돌길과 다르게 부드러운 흙길이었다. 계곡을 따라 내려가는 것보단 조금 더 돌아가는 길이지만, 사람이 살

금수산 얼음골 석비

았던 흔적이나 경작의 흔적이 보여 살짝 흥분이 된다. 이 길이 지나는 곳엔 제법 큰 마을이 있었던 모양이다. 집터였을 돌무더기 터가 사방에 가득하다. 1985년 충주댐이 건설되고 5개 면과 61개 마을이 물에 잠기게 되니 이곳도 소개(疏開)하였을 것이다. 그렇게 흘러버린 시간이 35년이 넘었으니 사람들은 떠났지만 그들의 삶의 흔적이 이렇게 보이는 것이다.

다시 만당암에서 갈라졌던 길이 합류하여 왔던 길을 따라 출발했던 능강교로 되돌아왔다.

청풍호는 여러 번 찾았지만 언제나 고요하게 묵묵히 나를 받아주었다. 너무 넓어서 내륙의 바다라는 별칭이 붙은 것처럼, 탁 트인 전망의 드넓은 호수의 아름다운 모습은 이렇게 새롭게 다가오는 사람들에게 마음의 편안함으로 불러들인다. 청풍호는 수면 아래로 고향을 잃은 사람들의 이야기를 간직하고선 여전히 고요하다.

6월

다시 산을 지우고 흐르는 물소리

구수천, 천년의 옛길을 걷다
– 경북 상주 구수천 팔탄 트래킹

- **출발지 주소** 충북 영동군 황간면 백화산로 652 반야사
- **걷는 거리** 8km
- **소요시간** 4시간
- **걷기 포인트** 구수천을 따라 충북 영동의 반야사에서 경북 상주 옥동서원 가는 길
- **난이도** 하
- **걷는 구간** 영동 반야사~만경대~임천석대~난가벽~옥동서원

상주서 발원한 구수천(龜水川)은 백화산 틈새를 찾아 물길을 냈다. 산허리를 따라 맴돌고, 휘돌아나가며 팔탄(八灘), 여덟 여울을 만들었다. 불사이군(不事二君)의 악인(樂人) 임천석이 뛰어내린 바위며, 몽골군의 원혼이 서린 저승골 등 사연 많은 이야기를 품고서 산허리를 휘돌아나간다.

백화산 반야사의 풍경소리와 문수전

반야사(般若寺)에 도착했다. 영동과 상주의 경계인 한성봉 자락을 구수천(龜水川)이 휘도는 깊은 안쪽에 자리 잡은 도량은 법주사의 말사로, 가람의 배치가 극락전과 대웅전, 지장전이 나란히 배치되어 있는 아담한 천년 고찰이다. 고즈넉한 절간은 소슬히 이는 바람에도 딸랑이는 맑은 풍경소리에 마음이 고요해진다.

반야사 일주문

반야사 앞 돌다리 세월교를 건너 오른쪽 숲길을 따라 길을 잡았다. 석천(石川)은 상주에서 영동을 지나 금강으로 접어드는데, 그중 반야사에서 옥동서원까지를 구수천이라고 부른다.

구수천을 따라 강변을 반원으로 돌아 걸었다. 수천 년 휘돌아 강은 산허리에 깊은 자국을 남겼고, 길따라 허리벽을 잡고 도니 눈앞

반야사 대웅전

가득히 너덜지대다. 반야사에서 바라보면 반야사를 지키는 수호신
마냥 위용이 대단하던 호랑이 모습이다.

　호랑이 너덜지대를 조심스레 지나니 폭이 50미터쯤 되는 넓은
강 위 맞은편에 반석이 깔려 있다. 이곳은 세조가 목욕을 했다는 영
천이 있다. 뒤로 가파른 절벽 만경대와 그 위로 지혜의 완성을 상징
하는 문수보살을 모신 문수전이다.

구수천

연록의 나뭇잎들이 어우러진 상주의 숲길을 디디다

구수천을 따라 물소리와 함께 숲길로 걸어 들어갔다. 언제 적인 지 모를 기와며 절간의 잔해가 여기저기 산재해 있다. 반야사 옛터 다. 이곳에서 지금의 반야사로 자리를 언제 옮겨갔는지는 모르겠 다. 그저 옛터의 자취만 남아 예전 번성했던 때를 그리워하고 있 다. 여기서부터 상주이니 경상북도에 들어선 셈이다.

숲길로 난 소로를 따라 계속 걷는다. 연록의 나뭇잎들이 어우러 져 더욱 짙다. 길을 걷다보면 나무에서 나무벌레며 송충이들이 툭 툭 앞길에 떨어진다. 도반(途伴)의 모자 위에 떨어지니 호들갑스럽 게 털어낸다. 그래도 자연의 생명이기에 밟지 않으려고 조심한다.

임천석대(林千石臺)에 도착했다.

임천석은 고려 말 사람으로 북과 거문고를 잘 켜던 악공이다. 고 려가 망하자 이곳에 들었다가 태조 이성계가 부르자 두 임금을 섬

기지 않겠다고 절벽에서 뛰어내렸고 절벽의 지명이 임천석대(林千石臺)가 되었다.

임천석대에서 둘러보니 돌에는 이끼가 가득하고 담쟁이 넝쿨이 얽혀 있다. 금계천 반계천이 모동에서 하나로 흘러내린 구수천은 돌에 부딪치고 산허리를 돌며, 물결이 여럿으로 나뉘었다가 다시 모이기를 반복하며, 벼랑에 사정없이 흠을 내고 생채기를 냈을 터다. 수천 년을 흐르는 동안 돌은 뭉글뭉글 부드러워지고 날이 서렸던 세월도 부드러워졌다. 이제는 웃으며 옛 선인의 일을 추모하지만, 그때 임석천 마음은 얼마나 아프고 상실감이 컸을까.

벼랑으로 이어진 난가벽과 밤나무길

—

임천석대를 지나자 물소리 더욱 요란하다. 병풍처럼 이어진 벼랑이 눈앞에 들어온다. 난가벽(欄柯壁)이다. 구수천 팔탄(八灘)길 중 최고의 경치다. 팔탄의 지명이 명확하지 않고, 구수천 구간의 모든 곳들이 절경이라 큰 의미는 없으나 정확히 표시해 줬으면 좋겠다는 생각을 해본다. 난가벽을 지나니 흔들다리다. 흔들다리 난간에 서서 강을 바라보니 난가벽으로 이어진 구수천이 마음 가득 들어온다.

흔들다리를 지나 좌측으로 접어들었다. 밤나무영농단지다. 작년에 수확한 갈색의 밤송이들이 입을 벌리고 사방에 가득하다. 길게 줄 지어선 밤나무 사이로 이어진 길에 한없이 빠져든다. 바닥은

임천석대

부드럽고 폭신하여 발의 피로를 덜어주고 있다.

아름다운 집이 눈앞에 들어온다. 독재골 산장이다. 집안에 전시한 풍구며 절구통이 예스럽다.

독재골을 지나 강변으로 나가는 길엔 정성이 가득하게 톱밥 같은 것으로 폭신한 길을 내주었다. 수고한 이의 정성에 감사하다.

세심석(洗心石)과 옥동서원(玉洞書院)

큰 바위가 눈에 들어온다. 세심석(洗心石)이다. 1716년 선비 이재가 황익재를 찾았다가 이곳에 같이 들러 '세속의 마음을 깨끗하게 씻어낸다'라는 뜻으로 이름을 붙였다고 한다. 바위 남쪽으로 설치된 밧줄을 잡고 올라가면 평상처럼 널찍한 바위가 있어 십여 명이 앉아 쉴 수가 있다.

세심석을 옆에 두고 잠깐 오르막길을 오르니 능선이 두 갈래 길이다. 좌측으로는 백옥정인데 미처 파악치 못하고 그냥 능선을 넘어 진행했다. 가파르고 미끄러워 조심조심 내려왔다. 눈앞에 옥동서원이 보인다. 논에는 모내기가 한창이어서 물이 가득하다. 하늘이 논에 비춰 반사되니 옥동서원 가는 길이 더욱 풍성해진다.

옥동서원에 도착했다.

옥동서원은 황희선생의 위패가 모셔진 서원으로, 홍선대원군의 서원 철폐령 때 살아남은 47개 서원 중의 하나다. 안을 살펴보고 싶으나 문이 굳게 닫혀 있어 살펴볼 수가 없다. 이렇게 오는 사람들을 위해 문도 열고 가치를 널리 알렸으면 좋은데 잠겨서 살펴보지 못해 안타깝다.

반야사에서 옥동서원까지 걸으며 만났던 구수천 팔탄길은 아름다웠다. 길은 이어지고 맥은 끊어지지 않아야 한다. 석천은 상주에서 영동을 지나 금강과 만난다. 길은 이어지고 이야기도 하나였으나 상주시와 영동군은 같은 석천의 흐름을 월류봉 둘레길과 구수천 팔탄길로 나눴다. 하나의 길로 합쳤으면 좋겠다. 그곳을 찾는 사람이 혼돈을 갖지 않을 테니 말이다.

철쭉, 야생화, 바람따라 걷는 심산유곡길

– 소백산 자락길 산행

- **출발지 주소** 충북 단양군 대강면 소백산길 17 죽령 탐방지원센터
- **걷는 거리** 18km
- **소요시간** 8시간
- **걷기 포인트** 죽령에서 시작하여 어의곡까지 소백산 종주코스
- **난이도** 상
- **걷는 구간** 죽령 탐방지원센터~제2연화봉~연화봉~제1연화봉~소백산 정상~어의곡 탐방지원센터

제1연화봉에서 바라본 비로봉

헌화가에 깃든 철쭉 전설

—

"자줏빛 바윗가에 잡고 있는 암소를 놓게 하시고 나를 아니
부끄러워하신다면 꽃을 꺾어 바치오리다."

《삼국유사》에 전하는 헌화가(獻花歌)다.

수로부인이 높은 절벽 위에 아름답게 피어난 철쭉을 보고 꺾어
줄 이를 찾자, 소 끌고 지나가던 노옹(老翁)이 꽃을 꺾어주겠노라고
읊었다. 홀로 피어서도 아름답지만, 붉게 무리지어 피어 있으면 더
욱 아름다운 꽃이 철쭉이다.

철쭉의 한자 표기는 척촉(躑躅)이다. 척(躑)과 촉(躅) 글자 모두
머뭇거린다는 뜻의 한자다. 뜻풀이가 꽃이 너무 아름다워 그냥 지
나치지 못하고 머뭇거리는 것을 말하는 것 같다. 그래서 이렇게 고
전에 등장하고, 수로부인처럼 아름다운 여인에 대유(代喩)하기도
한다.

봄의 끝자락, 소백산을 향하다

—

소백산 끝 비로봉에서 마지막 봄과 함께 찬란한 철쭉의 끝을 보
기 위해서 봄의 끝자락에 접어드는 6월 첫 주 붉게 물든 철쭉을 기
대하며 충북 단양과 경북 영풍군과 영주시를 아우르는 소백산으로
향했다.

날씨는 도보 하루 전에 비가 내리고 당일은 맑았다. 이른 아침 안개구름이 바람에 들어왔다가 나가기를 반복했다. 오늘은 시간이 지나면 안개는 사라지고 맑은 하늘을 볼 수 있을 것 같다. 죽령 탐방지원센터에서 어의곡까지 차량을 이동시켜 주는 서비스(태백 내 차를 부탁함)를 신청하고 죽령 탐방지원센터부터 산을 오르기 시작했다.

임도를 따라 지루하게 7km를 걸어 제2연화봉(蓮花峯, 1357m)에 도착했다. 백두대간 표지석 뒤로 산 정상 부근 둥그런 사탑 모양의 대피소를 옆으로 두고 연화봉으로 이동을 시작했다. '산괴불주머니'와 '큰앵초'가 산길 길섶에 피어나 걷는 자의 발걸음을 더디게 했다. 동행한 꽃박사 지인은 내 질문을 귀찮아하지 않고 하나씩 하나씩 알려주었다. 제2연화봉부터는 길이 능선으로 이어져 힘들지가 않았다. 20대 후반의 청년들 넷이서 사이좋게 걷고 있다. 물어보니 한 달째 진부령에서 시작하여 백두대간을 걷고 있다고 한다. 가끔 대간을 걷는 사람을 보는데, 이렇게 젊은 청년들을 보면서 나의 화양연화가 떠올라 기분이 좋았다.

능선의 청량한 숨결과 야생화 향연

소백산 천문대를 지나 연화봉(1377m)에 도착했다. 죽령에서 출발하여 8.8km 지점이다. 여기가 희방사와 비로봉으로 갈라지는 분기점이다.

한두 명씩 보이기 시작하던 사람들이 연화봉에 이르자 벌써 가득하다. 연화봉 표지석을 돌아 제1연화봉을 향했다. 숲은 말할 수 없이 청량한 기운으로 가득하고 숲길은 흙길로 편안해서 피곤한 발목을 부드럽게 씻어준다.

길은 아무도 밟지 않은 미지의 세계처럼, 싱그러운 바람과 안개에 쌓인 차가운 공기는 곧 안개가 걷히며 햇볕이 내리기 시작하자 따뜻해진다. 1300미터가 넘는 능선길 숲 사이로 내리는 볕이 살갗을 간지럽힌다. 숲에 가득한 청량한 기운을 들숨을 머금어 날숨에 내뱉는다. 목이 허브향을 들이키듯 시원하다.

길 사이로 '벌깨덩굴'은 고개를 내밀고서는 길을 안내한다. 고놈

제1연화봉

참 얄궂다. 길을 안내해주는 척하며 발걸음을 잡는다. '민들레', '애기나리', '붉은병꽃나무'가 눈길을 사로잡아 철쭉을 보러왔다가 이 녀석들에 빠져 자꾸 길을 해찰한다.

제1연화봉(1395m)이 눈앞에 다가섰다. 소백산 능선이 눈앞에 펼쳐지기 시작한다. 나무계단을 올라 연하봉을 넘어가자 멀리 비로봉이 바로 눈앞으로 보이고, 어의곡 삼거리 방향으로 소백산 민배기재 허리가 부드럽게 누워 있다. 제1연화봉을 넘자 철쭉이 보이기 시작하지만 냉해 탓인지 꽃이 풍성하지 않고 부실하다. 여기서 비로봉까지는 3km 구간이다. 멀리 바라보는 비로봉까지 능선이 한눈에 바라보인다. 막힘이 없이 아름다운 곡선이다. 산세가 부드럽고 성 사납지 않다. 높낮이도 없어서 누구도 힘들이지 않고 가볍게 걸을 수 있다. 1400미터에 가까운 능선을 걸으며 코로나 전에 걸었던 베트남의 오지 중의 오지인 하장 동반의 산세와 닮았다고 생각했다.

천동 삼거리, 갈림길의 바람

천동 삼거리(1390m)다. 천동탐방안내소와 비로봉으로 가는 삼거리다. 제1연화봉에서 천동 삼거리까지 걷는 동안 제대로 핀 철쭉을 볼 수 없었고, 비로봉 가는 방향도 마찬가지였다. 소백산 능선에서 만난 국립공원 관리원에게 물으니 해걸이를 한다고 했다. 기대

비로봉

하며 열심히 올랐는데 아쉽다. 내년에 풍성한 철쭉을 보러 다시 와야 할 모양이다. 그래도 연분홍으로 피어오른 꽃이 섭섭한 마음을 달래주었다. 황매산에서 보았던 진홍에 가까운 분홍의 철쭉은 소백산에 와서는 아주 연한 색이어서 또 다른 풍취를 주었다.

비로봉으로 난 계단을 따라 오른다. 목책 밖으로 잠깐이라도 나가는 사람이 있으면, 들어가지 말라는 관리원의 성화가 빗발친다.

천동 삼거리(1390m)에서 천동탐방안내소와 죽령 방향과 비로봉으로 갈라진다. 등을 타고 넘는 바람은 풀잎을 비로봉을 향해 자꾸 밀어 올렸다. 들풀 사이로 외로이 서 있는 '쥐오줌풀'은 불어오는 바람에도 꽃대가 가늘어 바람에 꺾일 듯 싶었지만 꼿꼿하게 꺾이지 않았다.

소백의 심장 비로봉 정상

소백산 최고봉인 비로봉(毗盧峯)(1439.5m)에 도착했다. 비로봉은 부처님의 빛과 지혜의 빛이 세상을 두루 비추어 가득하다는 비로자나불의 염원을 간직했다. 소백산에 오르는 사람들은 비로봉을 목표로 해서 온다. 소백산을 오르면서 만났던 사람들보다 더 많은 사람이 모여 있다. 비로봉 표지석에서 사진을 찍고자 길게 줄을 선 것을 보고, 잠시 주변을 둘러보다가 어의곡 삼거리로 방향을 틀었다. 어의곡 삼거리와 비로봉 사이에는 민배기재가 있다. 민배기재는 경상북도 영주와 충청남도 단양을 잇는 고개로, 옛날 순흥부에서 한양으로 넘어가던 중요한 곳이었다.

비로봉에서 바라본 어의곡 삼거리

민배기재를 넘어 어의곡으로

—

민배기재를 지나는 동안 '두루미꽃'과 '감자난', '풀솜대' 등 야생화가 배웅을 해주고 있어 발걸음을 떼기가 아쉬웠다. 벌써 등산을 시작한 지 8시간이 넘어갔다. 꽃구경에 해찰하며 가다보니 시간 가는 줄 모르겠다.

어의곡 삼거리에서 어의곡으로 내려오는 동안 초반은 길이 폭신하고 좋았으나 계곡으로 접어들면서 돌길이어서 힘이 들었다. 반대로 오르는 길이었으면 덜 힘들었을 텐데 장거리를 걷다 보니 어의곡에 들어서며 다리가 아프다.

점점 어의곡탐방소에 가까워지면서 계곡의 물살이 세지고 소리도 요란하다. 계곡에 발도 담그고 쉬었다 목적지에 도착하니 오후 5시가 넘었다.

민배기재

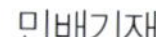

소백산 철쭉

철쭉의 개화시기에 맞춰 황매산에서 시작하여, 바래봉을 지나 소백산까지 철쭉을 따라 걸었다. 황매산에서 봤던 철쭉의 물결이 가장 화려했고, 지리산 바래봉을 지나 소백에 와서는 해걸이를 하는 바람에 화려한 철쭉을 보지 못했지만, 연분홍의 쩔쭉을 만났다. 덤으로 생각지 않았던 소백산 야생화를 볼 수 있어 아주 귀한 시간이었다.

7월
신성한 숲에서 보낸 한철

무릉계곡에서 장엄한 산하를 품다

– 강원 동해 무릉계곡, 두타산 산행

- **출발지 주소** 강원도 동해시 삼화동 858-3 무릉계곡 주차장
- **걷는 거리** 11km
- **소요시간** 5시간
- **걷기 포인트** 속진의 때를 벗고 무릉의 세계로 빠져드는 아름다운 경관
- **난이도** 중상
- **걷는 구간** 무릉계곡 관리사무소~베틀바위 전망대~미륵바위~두타산성~석간수~마천루~용추폭포~학소대~삼화사

무릉계곡(武陵溪谷)에 들어서다

—

동해시에서 무릉계곡 관광지에 들어서면 앞을 가로막는 두타산(頭陀山, 1357m)과 청옥산(靑玉山, 1404m), 고적대(高積臺, 1354m)가 병립하여 우뚝 솟아있다. 도도히 동해를 따라 설악과 오대산을 거쳐 내려오는 백두대간의 줄기 두타산과 청옥산에서 내린 물이 쌍폭포에서 만나 아래로 4km 남짓 이어지는 계곡을 무릉계곡이라 부른다.

현실에서 만나기 힘든 이상향의 세계를 무릉도원(武陵桃源)이라 하듯이, 기묘한 바위를 부딪치며 휘돌아오는 계곡과 산세의 모습이 사람들이 찾는 이상세계와 닮았다고 무릉계곡이다. 다르게는 단순히 계곡이 아닌 파라다이스로서 무릉의 구역 곧, 무릉계(武陵界)라고 부르기도 한다. 이상의 세계를 다룬 도연명(陶淵明)의 도화원기(桃花源記)에서는 무릉을 다녀온 어부가 다시 무릉을 찾아가질 못했지만, 동해 두타산에 펼쳐진 무릉계곡은 언제든 다가갈 수 있는 무릉의 세계다.

무릉계곡 관리사무소를 지나 2020년에 오픈된 베틀바위 산성길과 2021년 6월 10일에 빗장을 연 마천루 협곡으로 가는 등산로를 만난다. 사람의 발걸음을 거부하고, 소수 전문등반가에게만 허락되었던 험한 산길이다. 그야말로 별유천지비인간(別有天地非人間)인 곳이 마침내 인간의 출입을 허한 것이다.

삼화사 가는 길을 옆에 두고 왼쪽 베틀바위 산성길을 오른다. 얼마 안 가서 울창한 나무를 숯으로 만들어 팔던 숯가마 터를 만났다. 옛 모습을 복원하여 걷는 이의 눈길을 잡아보려 하지만, 복원의 흔적이 인위적으로 보여 낯설다.

베틀바위 전망대까지 가파른 길은 숨을 턱턱 막히게 한다. 칠월의 무더위 탓도 있지만, 고도 480미터, 거리 1.5km를 올라가는 길은 험난한 고난의 연속이다. 한 발 한 발 땅에 코 박고 오르다 보면 몸이 땀으로 젖는다. 7월의 무더위는 바람조차 막아선다.

베틀바위

그렇게 한 시간을 씨름하면 화양목 군락지를 지난다. 이곳의 화양목은 척박한 석회암 지대에서 자라나 100여 년을 지켜왔다. 안내문에 이곳을 찾는 관광객의 기운을 돋우고 관절의 통증을 없앤다고 하니, 보는 것만으로도 다리에 힘이 솟는다.

계단을 한 계단 한 계단 오를 때마다 발걸음에 힘이 더 들어가고 마음이 전망대에 가 있어 발걸음이 빨라진다. 전망대 앞을 가리는 큰 바위 뒤로 화려한 베틀바위가 눈을 사로잡는다. 연달아 뾰족뾰족하게 송곳처럼 솟아있는 바위 위에 내 발끝이 서 있는 것 같아 간담이 서늘해진다.

베틀바위라는 지명에는 두 가지 이야기가 전한다. 하나는 씨실과 날실이 엇갈려 짜인 듯 바위가 기묘하고 삐죽하게 솟아있어 베틀처럼 생겨서라는 이유고, 다른 하나는 선녀가 죄를 짓고 인간세계로 내려왔다가 비단 세 필을 짜고 다시 하늘로 올라갔다 해서 나온 연유다.

사람들이 중국의 비경(秘經) 장가계에 빗대어 말하지만, 어찌 남의 경치에 비견할까. 그저 우리 강산의 비경이 좋고 아름답다.

미륵바위. 오른쪽으로 부처님의 형상이 보이는 듯하다

전망대에서 다시 조금만 더 오르면 미륵바위를 만난다. 바위의 모양새가 보는 사람에 따라, 위치에 따라 다양하게 보이지만, 가장 근접한 모양새가 미륵부처님의 형상이다. 뜯어보면 볼수록 미륵부처님의 얼굴 특징이 보인다.

미륵바위를 지나면 지금까지 가파르던 길은 사라지고 순한 길을 만난다. 맑던 하늘이 일순 비라도 내릴 것처럼 어두워지더니 이어 빗방울이 한두 방울 나뭇잎을 때린다.

숲길을 따라 1km 남짓 걸어 12폭포 상단부에 도착했다. 두타산에서 내린 물은 안개 속을 헤집고 내려와 12폭포로 떨어져 내린다. 여기에서 계속 진행하면 마천루 협곡으로 가지만 짙은 안개구름에 협곡의 비경을 볼 수 없을 것 같아서 며칠 뒤를 기약하고 두타산성으로 길을 잡고 내려간다.

절벽에 쌓은 두타산성(頭陀山城)

———

두타산성에 이른다. 신라 때에 있던 옛성을 태종 14년(1414년) 산의 험준한 지형을 이용하여 높이 1.5미터, 둘레 2.5km의 산성을 다시 쌓았다 한다. 임란 때는 동해·삼척 일대의 의병들이 왜적에 맞서 전투를 벌였다는 산성은 비록 예전의 위용은 잃었으나, 여전히 산성의 모습을 일부나마 간직하고 있다.

산성을 지나면 백곰바위와 절벽 위 외로운 낙락장송이 서 있다.

두타산성

백곰바위는 각도를 틀면 정말 백곰이 뒤돌아 금세라도 움직일 듯하다. 소나무는 바위에 뿌리를 내려 바위를 따라 아래로 쭉 늘어뜨린 형상이 기괴하다. 질긴 생명력에 경외감이 든다.

평일이고 새벽에 출발해 일찍 온 터라 인파가 드물어 호젓하다. 산성을 지나 거북바위와 12폭포 전망대가 있다. 지난번 짙은 구름 안개로 보지 못하고 지나쳤던 곳이다.

두타산성 앞에 있는 백곰바위

두타산성에서 바라본 낙랑작송

비경(秘景) 12폭포와 거북바위

—

하늘에서 떨어져 내리듯 산을 가로질러 내려온 폭포의 물줄기는 암벽에 부딪혀 산산이 비산하여 더위에 지친 산자락을 시원하게 씻어주고 있다. 산을 오르느라 몸은 힘들었어도 눈은 즐거웠다. 수직 암벽을 내리치며 쏟아지는 폭포 소리를 듣는 게 얼마나 행복한 일인가. 바로 앞 벼랑 위 거북바위는 금세라도 떨어질 듯 아슬아슬하기만 하다.

12폭포 상단부를 지나 마천루로 향했다. 해는 어느새 중턱에 차고, 더운 날씨는 기세가 세다. 뜨거운 햇살은 습하지 않아서 그늘에 들어서면 시원해진다. 내리쬐는 햇볕을 피한다면 그나마 괜찮겠다 싶지만 역시 한낮의 더위는 매섭다.

보는 각도에 따라 시시각각 변하는 기암괴석을 따라 마천루 가는 길은 깎아지른 절벽을 바라보는 즐거움과 아찔함을 선사한다. 사람의 손길을 거부하던 절벽길의 날 선 생생함이 가득하다. 거석들이 병풍처럼 둘러싼 골짜기로 자꾸 깊게 들어간다. 인간의 발길을 허하지 않던 길은, 쓰러진 나무, 크고 작은 돌무더기, 아슬아슬한 벼랑길 등 다양한 방법으로 걸음을 방해한다.

큰 바위 밑으로 수도골 석간수(石間水)다. 하늘을 닿을 듯 높이 솟은 바위 밑으로 뚫린 암굴은 시커먼 아가리를 벌리고 있어, 한 순간 빨려 들어가는 두려움이 엄습한다. 석간수가 있는 암굴로 10

거대한 석봉 아래 석간수

길에서 만난 다람쥐

여 미터 들어서자 물이 고여 찰랑거린다.

　바위에 걸터앉아 잠시 쉬고 있는데 다람쥐 한 마리가 태연히 내 앞에서 한동안 제자리다. 녀석은 내가 사진을 찍고 있는 줄 아는 듯 태연히 있다가 이내 저편으로 사라졌다.

마천루(摩天樓)에 펼쳐진 세상

    험한 길은 밧줄을 잡으며, 거석(巨石) 사이를 지나기를 여러 번, 마침내 마천루에 도달했다. 하늘을 맞닿을 듯 높이 솟은 마천루는 해발 470미터의 높이다. 발바닥을 닮은 발바닥바위, 고릴라바위, 건너편 청옥산과 두타산을 가로지르는 협곡의 장관이 경이롭게 펼쳐졌다. 멀리로는 용추폭포가 쏟아져 내리는 모습이 아스라하게 보인다. 산 전체가 깎아지른 거대한 벽처럼 느껴지는 청옥산 협곡 면을 바라보며 내가 한없이 작아짐을 느낀다. 전망대 아래는 천길 낭떠러지여서 발걸음이 쉬 떨어지지 않는다.

    전망대를 내려서서 쌍폭과 용추폭을 향한다. 마천대 웅장한 바위 자락을 둘러 철계단을 놓았다. 계단을 내려서며 아래로 보이는 높이에 난간을 붙잡고 조심스레 내려온다. 지금껏 허락되지 않았던 길을 허락받은 기쁨으로 설레게 출발했다. 바위와 바위 사이를 이은 철계단을 타고 협곡으로 내려오며 자꾸 하늘을 날고 축지(縮地)하는 무협을 꿈꾼다.

    마천루를 내려와 쌍폭포에 도착했다.

    쌍폭포는 양쪽에서 쏟아지는 폭포를 말하는데, 두타산 쪽에서 내려온 폭포가 왼쪽 박달폭포이고, 청옥산에서 내려온 폭포가 오른쪽 옥류폭포(玉流瀑布)다. 양쪽에서 쏟아지기에 소리도 웅장하고 모양도 장관이다.

    옥류폭포 바로 위에 용추폭포(龍湫瀑布)가 있다. 용추에서 약

쌍폭포

용추폭포

4km에 걸쳐 무릉계곡이 시작되기에 계곡의 최상단이다. 청옥산
에서 시작된 물은 계곡을 내려오면서 절벽에 부딪쳐가며 굽이치다
이곳에 이르러 3단의 절벽에 폭포를 이루며 수직 낙하한다. 상단과

중단은 항아리 모양으로 되어 있고, 하단은 둘레가 30미터에 이르는 깊고 검은 웅덩이다.

영험하고 기묘한 폭포 탓인지 폭포 주변이 온통 곳곳에 암각된 글씨다. 그중 '용추(龍湫)'와 유려한 물결을 닮은 '별유천지(別有天地)'가 눈에 뜨인다. 지금에야 엄격하게 금하는 행동이지만 옛날엔 행세하는 사람들이 자신의 이름을 남겼겠다.

무릉계곡을 타고 하산을 시작했다.

격랑의 폭포수는 쌍폭을 지나 선녀탕에 이르러 얌전해지더니 바위를 둘러가며 멋진 계곡의 모습을 연출했다.

병풍바위와 장군바위, 하늘문과 관음폭포를 지나 학이 둥지를 틀고 살았다는 학소대(鶴巢臺)에 도착했다. 계곡을 따라 내려오는 동안 길은 베틀바위 산성길과 마천루 협곡길과 다르게 편하다. 계곡에 내려서 땀을 식히며 흐르는 계곡의 물소리와 지저귀는 새소리를 듣고 있자니 마음이 명경지수(明鏡止水)처럼 맑아졌다.

뭇생명들의 고혼(孤魂)을 위로하고
자연속에서 어우러지는 무릉세상을 꿈꾸며

—

삼화사(三和寺)를 지나는데 담장이며 주변에 온통 좋은 글귀가 쓰인 리본을 매달아 놓았다. 담장에는 수륙제를 알리는 현수막이 걸려 있다. 수륙제(水陸祭)란 물과 육지에 떠도는 외로운 영혼을 구

삼화사 천왕문

제하기 위해 불법을 설하고 음식을 베푸는 것으로 삼화사에서 열리는 행사가 국가 중요 유형문화재로 지정된 의식이다. 아침에 일주문을 들어설 때, 일주문 중앙에 금란(禁亂)이란 빨간 글씨가 있어 궁금했는데, 수륙제가 열리니 정숙하란 의미인 것을 알게 되었다.

무릉반석(武陵磐石)은 천여 명이 동시에 앉을 수 있을 만큼 널따란 바위다. 오랜 세월 무수히 다녀간 시인 묵객은 곳곳에 흔적을 암각 글씨로 남겨놓았다. 이승휴가 흔적을 남겼고, 매월당도 흔적을 남겼다. 명멸한 그 많은 인물이 왜 이곳에 흔적을 남기고 암각을 했을까? 암각(巖刻)이 옛 선인들의 풍취이고, 멋과 유행이고, 과시가 아니었을까 하는 생각이 들었다.

무릉반석 입구에 양사언이 썼다는 초서체 암각서 '무릉선원(武陵仙源) 중대천석(中臺泉石) 두타동천(頭陀洞天)'으로 이번 도보의 의미를 되새겨 본다.

"신선들이 노니는 곳 무릉(武陵),
반석(磐石) 위로 물이 유유히 흐르니 무릉중대계곡(中臺溪谷),
세속의 탐욕을 버리고 수행하기 좋은 곳 두타산(頭陀山)이
여기에 있네."

무릉반석

태백의 등을 걷다

– 강원 태백 두문동재~피재 트래킹

- **출발지 주소** 강원도 정선군 고한읍 고한리 산 2-140 두문동재
- **걷는 거리** 10.5km
- **소요시간** 5시간
- **걷기 포인트** 한강과 낙동강 오십천의 삼수령까지 백두대간과 낙동정맥이 분기되는 지점을 걷는다
- **난이도** 중상
- **걷는 구간** 두문동재~금대봉~쑤아밭령~비단봉~바람의 언덕~매봉산~삼대강 꼭지점~피재(삼수령)

두문동재의 고요한 아침

—

꼬불꼬불 안개 낀 산허리 굴곡 길을 가파르게 오른다. 하늘은 잔뜩 찌푸려 비라도 쏟아질 것 같았으나 한두 방울 떨어지다가 멈추었다. 버스는 좌우로 곡선을 그리며 한참을 올라 고갯마루에 이르러 우뚝 솟은 탑비(塔碑) 앞에 멈춰 섰다. 이곳은 정선에서 태백으로 넘어가는 고개의 끝 도보를 시작할 두문동재(杜門洞峙, 1268m)다.

하늘에 맞닿을 듯한 높은 고개 10곳 중 8곳이 강원도에 있는데, 두문동재는 함백산 만항재(1330m)에 이어 우리나라에서 두 번째로 높다. 사람들은 싸리재라고도 부른다. 정선사람들은 고개 너머 태백에 싸리마을이 있다고 싸리재라 불렀고, 태백사람들은 고개 너머에 두문동이 있다 해서 두문동재라 했다.

두문동(杜門洞)은 본디 북한 땅 경기도 개풍군 광덕산 기슭에 있던 옛 지명이다. 이곳에서 백이(伯夷)와 숙제(叔齊)처럼 조선의 부름에 응하지 않은 고려 유신들이 모여 살았다. 이들 중 일부가 삼척으로 유배 간 고려 마지막 왕 공양왕을 보러 가다 왕이 죽었다는 소식을 듣고, 삼척에서 태백으로 넘어오는 건의령(巾衣嶺)에서 관모와 관복을 벗고, 이곳으로 와 두문동이라 이름 짓고 정착하여, 지금의 두문동재란 이름이 생긴 연유가 되었다.

이른 시간임에도 분주령 야생화를 탐방하기 위해 탐방지원센터에는 예약한 사람들이 손목띠를 받느라 분주하다. 내가 걷는 곳은 이들과는 달리, 대덕산 분주령 방향이 아닌 금대봉 방향이라 예약이 필요 없어서 곧바로 들머리에 들어섰다.

비 온 뒤라 공기는 맑고 신선해서 기분이 상쾌하다. 촉촉한 땅은 생명의 기운이 돋는 듯 녹음이 한층 짙었다. 지리산에서부터 내달린 백두대간은 만항재와 함백산을 지나 두문동재에 이르렀고, 여기에서 숨을 고르고는 진부령을 향해 다시 나아간다. 나는 대간을 따라 피재까지 동행을 시작했다.

물기를 머금은 철 지난 '나비나물', '벌깨덩굴', '산꿩의 다리', '졸방제비꽃' 등 얼마 남지 않은 봄철 야생화가 고개를 내밀었다가 이따금 발에 채이며 발등을 적신다.

백두대간의 숨결을 따라 걷다

700여 미터를 걸어 금대봉과 분주령으로 갈라지는 삼거리에 도착했다. 같이 출발했던 사람들이 왼쪽 분주령으로 떠나자, 오른쪽으로 이어진 금대봉 가는 길은 내 발걸음 소리만이 고요를 깨뜨린다. 간간이 마주 오는 산객(山客)에 인사를 건넨다.

삼거리에서 오른쪽 이어진 빼곡한 원시림을 따라 500여 미터를 더 지나 금대봉(金臺峰/1418m) 정상에 도착했다. 출발을 고도 1268미터에서 한 것이라, 1418미터의 고도를 느끼지 못한다.

금대봉은 '신들이 사는 땅'이란 '검대'에서 유래되었다고 하고, 또한 정암사를 창건할 때 세운 금탑이라고도 하니, 이름을 새롭게 되새겨본다.

두문동재에서 완만하게 금대봉까지 이어지는 1.2km의 능선을 '불바래기' 또는 '불바라기 능선'이라 부른다. 예전 화전민들이 밭을 일구기 위해 산 아래에서 불을 놓고 이 능선에서 맞불을 놓아 불을 바라보며 진화한 데서 유래한 이름이다. 인적조차 없는 깊은 산골에 화전을 일구며 살던 옛 선인의 고단한 모습이 차올라 한동안 자리에 머물렀다.

두문동재 탑비

이 일대가 봄부터 가을까지 각양각색의 들꽃이 피고 지는 야생화 군락지로 꽃의 바다를 이룬다고 금대화해(金臺花海)라 하는데, 늦은 봄이라 꽃의 바다를 보지 못하고 다음을 기약할 수밖에 없다.

금대봉을 출발해 쑤아밭령으로 향한다. 길은 완만하게 편안한 흙길이다. 걷는 데는 부드러운 흙이 최고다. 발목에 무리가 가지 않고 시큰하던 무릎도 시원하기만 하다. 구름에 가려진 해는 선선한 날씨를 유지해주고 있다. 이따금 멧돼지가 거칠게 헤쳐놓은 땅구덩이에 흐트러진 나무뿌리가 야생의 생생함을 전해준다. 갑자기 길 주변이 부산해진다. 너덧 마리의 새들이 푸드득거리며 걷는 자의 발걸음을 막아선다. 주위를 맴도는 것이 근처에 새끼를 보호하려는 모양이다. 녀석들을 놀래지 않으려 더 조심해서 걷는다.

나무는 대화를 나누듯 바람에 스삭거린다. 뿌리가 약해서 뿌리째 넘어진 나무며, 제 생명을 마치고 거름이 되려 풍화되어 가는 썩은 나무들….

그대로의 자연 모습이다.

고갯마루의 지명, 쑤아밭령과 창죽령의 유래

—

금대봉에서 2.9km를 걸어 쑤아밭령(수아밭령)에 도착했다.

한강 최상류의 창죽마을과 낙동강 최상류의 화전마을을 잇는 백두대간 위에 있는 고개로 창죽마을에서 용연동굴이 있는 화전(禾田)마을로 넘는 고개라 해서 쑤아밭령이라 불렀고, 반대로 화전마을에서는 검룡소가 있는 창죽마을로 가는 고개라 해서 창죽령이라 했다. 이곳의 이름도 구문동재와 싸리재처럼 넘어가는 마을의 이름을 딴 것이라 재미있다. 하나로 통일되지 않은 것은 아마도 서로 교통하는 것이 지금과 달리 힘들어서 두 개로 다르게 불렀을 것이다.

쑤아밭령에서 비단봉으로 향했다. 0.9km의 짧은 거리지만 지금까지와 다르게 오르는 게 조금 가파르다. 작은 봉우리 하나를 넘어서고, 이후 비단봉까지 가팔라서 숨이 가슴에 차오른다. 거친 숨을 쉬며 정상에 올라서자 금대봉과 함백산, 태백산과 겹겹의 산들이 첩첩이 병풍을 두른 듯 눈앞에 펼쳐진다. 비단봉이란 이름은 아마도 가을에 단풍이 울긋불긋 피어나 마치 비단을 펼쳐놓은 듯한 모습에서 이름이 유래되지 않았을까 생각이 들었다.

구름을 뚫고 매봉산에 서다

비단봉을 지나 바람의 언덕으로 향했다. 풍차가 있는 고랭지 배추밭에 이르자 갑자기 구름이 끼기 시작한다. 일순간 모든 것들이 구름에 가려 사라졌다가 나타나기를 반복한다. 광활한 고랭지 배추밭은 언뜻언뜻 구름이 스쳐 가면서 새파란 모습을 보여주었다. 아직 영글지 않은 심은 지 얼마 되지 않은 배추가 모가지를 살짝 내밀고 있다.

구름은 바람의 언덕을 지나며 몇 미터 앞이 보이지 않을 정도로 짙다. 천천히 길을 잃지 않으려 조심하면서 매봉산으로 향했다.

매봉산 하산길

매봉산(梅峯山, 1303m) 자락에 들면서 구름이 조금씩 걷혔다. 매봉산은 낙동강과 남한강의 근원이 되는 산으로, 하늘 봉우리라는 천의봉으로도 불린다. 태백의 황지에서 바라보면 북쪽에 가장 높이 우뚝 솟은 산으로 매처럼 보여 매봉산이다.

정상은 특이할 게 없이 작은 정상석 하나만이 반겨주었다. 구름이 아래쪽에는 서서히 걷히고 있지만 정상 쪽에는 여전히 머물러 있어 시야를 가린다.

삼대강의 갈림길, 삼수령에 이르다

—

매봉산을 내려오니 다시 구름 걷힌 고랭지 배추밭이 시야의 끝까지 파란 바다처럼 보인다. 길을 뒤돌아보면 아직도 구름은 바람

고랭지 배추밭

의 언덕 위와 매봉산을 둘러쌓고 있었다.

산능선 고랭지 밭두럭을 따라 내려가다가 구봉산 방향으로 길을 잡는다. 삼대강 팻말과 함께 백두대간과 낙동정맥의 갈림길에 섰다. 이곳이 한강과 낙동강, 오십천의 시작이 되는 삼대강 꼭짓점이다. 오후 다섯 시가 되자 날이 어두워지고 빗방울이 떨어지기 시작한다.

도착이 얼마 남지 않았는데 마음이 급하다. 발걸음을 재촉해 서둘러 피재(避岾, 920m)로 향했다.

피재는 삼척사람들이 난리를 피해 황지(黃池)로 넘어온 고개라 해서 붙여진 이름으로, 오십천과 낙동강, 한강의 분기점이라서 삼수령(三水嶺)이라고도 불리는 고개다.

간간히 떨어지던 빗방울은 피재에 이르러서는 거짓말처럼 다시 잠잠해졌다. 빗방울도 이름 때문에 이곳을 피해가는가 하며 피식 웃었다.

8월
꼬불꼬불한 길, 마음의 명암

왕비의 길과 선비의 길에 서다
– 김천 수도암 인현왕후길, 성주군 무흘구곡 답사

- **출발지 주소** 경북 김천시 증산면 수도길 1438 수도암 주차장
- **걷는 거리** 7km
- **소요시간** 3시간
- **걷기 포인트** 김천의 수도암 주변 인현황후길과 정구의 무흘구곡을 걷는 시간
- **난이도** 하
- **걷는 구간** 수도리 주차장~인현왕후길~무흘구곡(9곡 용추~1곡 봉비암)~회연서원

3곡 배바위와 무학정

인현왕후길과 무흘구곡길

조선 제19대 숙종의 계비(繼妃)인 인현왕후는 폐비가 되어 김천시 중산면 수도산 청암사에서 3년간 생활을 하였다. 그런 인연으로 김천의 수도리와 청암사 및 수도암 주변을 인현황후길로 만들어 놓았다.

중산면 수도리에는 인현왕후길 말고도 김천시와 성주군에 걸쳐 있는 무흘구곡이 있어 같이 걸어보기로 했다.

주희를 흠모하는 조선의 유학자들은 전국 각지에 앞다투어 구곡을 열었다. 같은 연유로 16세기 후반~17세기 영남학파의 대표적인 학자인 정구도 주자의 무이구곡처럼 무흘구곡을 경영하였다. 무흘구곡을 걸으며 도학의 세계를 조금 엿볼까 한다.

이른 시간, 날은 더워서 가만히 있어도 땀이 송글송글 목 뒤를 적신다. 김천시 중산면 수도리 주차장을 출발해서 마을로 접어들었다. 지나는 음식점에선 맛있는 전이 익어가는 지글거리는 냄새에 혹해 시원한 막걸리 한 사발 들이켜고는 길에 접어들었다.

3년의 슬픔을 간직한 인현왕후의 길과 주자의 세계를 꿈꾼 한강(寒岡) 정구(鄭逑) 선생의 무흘구곡(武屹九曲)에 들어서는 순간이다.

소요하고 사색하는 인현왕후길

인현왕후길은 인현왕후가 3년을 기거하던 비구니 절 청암사(靑巖寺) 주변 수도산 자락에 있다. 수도리 마을을 지나 잠시 동안 가파르게 마을길을 따라 올라간다. 적당히 숨이 찰 때면 딱 그만큼의 거리에 수도암 삼거리가 나온다. 여기서부터 9km의 본격적인 인현왕후의 숲길이 시작된다. 길에는 인현왕후가 걸으면서 사색했음직한 글과 그림으로 길의 이야기를 풀어내고 있다.

길은 위아래 편차가 없이 편안히 걸을 수 있다. 내리쬐는 뜨거운 햇볕도 숲에 가려 시원하다. 길을 지나다가 언뜻언뜻 드러나는 햇볕에 더위를 느낄 정도이니 숲의 고마움을 저절로 체험하게 한다.

산허리를 따라 굽이굽이 몇 구비를 돌다보면 청암사 삼거리가 나온다. 청암사 가는 길은 안내가 친절하지가 않다. 사람들을 청암

인현왕후길

사에 들르지 말고 돌아가게끔 안내되어 있었다. 오늘 인현왕후길과 무흘구곡을 보고 내일 시간을 내어 청암사와 직지사를 들르기에 청암사 방향을 포기하고 돌아나가는 길은 한참을 내려간다. 산에서 흘러내려오는 자그마한 계곡물에 발을 담그니 온몸이 짜릿하다.

산에서 내려와 계곡을 따라 원점회귀하기 위해 올라간다. 깊은 계곡을 따라 오르면서 보는 옥동천계곡은 깊고 수량도 풍부해서 사람들이 벌써부터 자리를 잡고 피서를 즐기고 있다.

깊은 계곡을 따라 오르다보니 우르릉 커다란 소리가 들려오고 이윽고 많은 사람들이 몰려 있다. 무흘구곡의 폭포 용추(龍湫)다.

무흘구곡과 정구(鄭逑)

—

김천과 성주로 이어지는 35여km의 계곡은 주자를 흠모하고 사숙하던 한강 정구 선생이 주희의 무이구곡을 연상하면서 중국 음과 비슷한 무흘로 지은 아름다운 절경 아홉 곳인 무흘구곡(武屹九曲)이다.

수도리에서 흘러 내려오던 옥동천이 급전직하 굉음을 내며 낙하하는 무흘구곡의 마지막 계곡인 용추(龍湫)에 다다른다. 수도리 마을에서 시작하여 흘러 내려오던 옥동천이 용추에 다다라서 굉음을 내며 내리꽂힌다. 하얗게 포말로 부서지며 산산이 사방으로 비산한다. 사람들은 떼를 이루어 폭포 근처에서 피서를 즐기고 있다.

용추에서 길을 따라 2km를 내려가면 용이 길게 드러누워 있는 듯 굽이쳐 흐르는 계곡물이 감싸고 나간다. 수억 년 동안 흐르고 흘러 부드럽게 굴곡진 바위를 타고 흐르는 물줄기를 그렇게 받고서 오랜 세월을 버틴 와룡암이다. 물은 바위를 타고 돌아 헤어졌다가 다시 만나며 와룡암을 지나갔다. 선생은 "노는 사람 오든 말든 나 몰라라 하누나[不管遊人來不來]" 하면서 아름다운 절경을 노래했다.

만월담(滿月潭)은 와룡암에서 1km 남짓 내려와 있다. 벌써 만월담에는 더위를 피하러 달이 아닌 사람들로 가득하다. 계곡을 따라 내려오는 시원한 물을 가득 담아두었다가 달을 비추어야 하는데 담에는 아버지가 아이를 튜브에 태워 물놀이를 즐긴다.

옥류동(玉流洞)은 만월담에서 2.8km 옥동천을 따라가다 대가천과 합류하는 지점에 있다. 대가천을 흐르는 맑은 물과 너럭바위들, 솔숲이 우거진 계곡이 홀로 우뚝 솟은 옥류정 정자와 어우러져 아름다운 풍광을 자아낸다. 이렇게 김천은 무흘구곡을 6곡에서 9곡까지 품고 5곡부터는 성주로 넘겨준다.

5곡 사인암(捨印巖)과 4곡 선바위(立巖), 3곡 배바위

성주는 5곡 사인암부터 1곡 봉비암이 있다.

　관인(官印: 벼슬)을 버린다는 뜻으로 경치가 너무 좋아 관직을 버리고 이곳에 들어와 영원히 살겠다는 곳이 5곡 사인암(捨印巖)이다. 기암절벽과 괴석으로 펼쳐진 광경은 눈을 돌릴 수 없게 만든다. 길게 절벽을 끼고 이어진 계곡에 모든 것을 버리고 떠나겠다는 무의 자적을 느낀다.

　우뚝 솟은 절묘함의 4곡 선바위와 3곡 배바위(무학정)을 뒤로하고 2곡 한강대(寒岡臺)로 향했다. 2곡 한강대는 대가천 맑은 물이 모여 연못이 된 곳으로 정구선생께서 들른 절벽이다. 근래에 세워진 한강정 뒤로 절벽으로 난 계단을 따라 내려가면 연못을 제대로

5곡 사인암

볼 수가 있다. 또한 바위에 새겨진 글자도 보여 멀리 연못을 바라보던 정구 선생이 떠올라 조용히 흉내를 내어본다.

회연서원(檜淵書院)과 1곡 봉비암(鳳飛岩)

한강대를 나와 1.5km 떨어진 정구선생의 자취가 남아있는 회연서원(檜淵書院)과 봉비암(鳳飛岩)을 향했다.

회연서원은 정구(鄭逑)와 이윤우(李潤雨)의 학문과 덕행을 추모하기 위해 창건되었다.

회연서원 뒤 작은 동산에 1곡 봉비암이 있다. 대가천에서 흘러들어온 양정소 맑은 물과, 깎아지른 듯 높고 기괴한 모양의 절벽, 나무들이 어우러져 경관이 빼어난 곳이다. 이곳에서 주자의 무이

1곡 회연서원

9곡 용추폭포

구곡을 본따 무흘구곡으로 주희를 닮으려 했던 정구처럼 조선의 유학자들은 전국 방방곡곡에 백여 곳이 넘는 구곡을 만들어 주자를 따르려 했다. 조선은 성리학의 세계였다.

정구 선생은 마지막 용추에서 구곡을 완성시키고는 다음과 같이 노래했다.

구곡이라 하여 고개를 돌리고서 다시 탄식하노니 / 이내 마음 산천만을 좋아한 게 아니로세 / 샘의 근원에는 절로 형언 못할 묘리 있어 / 이를 버려두고 어찌 천지를 찾으리

[九曲回頭更喟然 我心非爲好山川 源頭自有難言妙 捨此何須問

別天]

배바위 아래쪽 전경

봉비암. 미수 허목의 전서체 글씨

회연서원 뒤 양정소

화무백일홍(花無百日紅)의 세계를 걷다

– 논산 명재고택과 담양 명옥헌 원림 답사

- **출발지 주소** 명재고택 : 충남 논산시 노성면 노성산성길 50, 명옥헌 원림 : 전남 담양 군 고서면 후산길 103
- **걷는 거리** 2km
- **소요시간** 3시간(시간은 자유롭다)
- **걷기 포인트** 논산의 명재고택과 담양 명옥헌에서 아름다운 목백일홍의 절정을 본다
- **난이도** 하
- **걷는 구간** 논산 명재고택, 담양 명옥헌 원림

명재고택 호수

목백일홍(木百日紅), 세상을 붉게 물들이다

세상의 많은 꽃은 열흘을 넘기지 못한다는 화무십일홍(花無十日紅)에 상대(相對)해서 백일 동안 붉게 피는 꽃을 백일홍(百日紅)이라 부른다.

"백일홍(百日紅)은 중국 송나라의 시인 양만리(楊萬里, 1127~1206)가 '누가 꽃이 백일 동안 붉지 않고(誰道花無百日紅), 자미화가 반년 동안 꽃핀다는 것을 말하는가(紫薇長放半라年花)'라고 노래한 것에서 처음 등장한다."

- 강판권,《역사와 문화로 읽는 나무 사전》중에서

배롱나무의 꽃은 여느 꽃과는 달리 여름에서 가을까지 백일 동안 한여름의 뜨거움을 견디며 핀다. 어디에 나무가 있는가에 따라 심은 뜻이 다를지라도 이루고자 하는 것은 하나다. 배롱나무꽃이 백일을 넘게 피고, 수피(樹皮)의 겉과 속이 한결같아서 선비는 지조와 절개를, 스님들은 용맹정진을 이 나무에서 찾았겠다.

논산 명재고택(明齋 故宅)의 배롱나무

한여름 뜨거운 햇살이 사정없이 내리쬔다. 땀이 송글송글 이마에 맺힌다. 답답한 마음 풀기 위해 뜨거운 여름의 꽃 백일홍을 관상

정면에서 바라본 명재고택

하러 명재고택에 가는 길이다. 고택 입구에 윤증의 어머니인 공주 이씨의 정려각(旌閭閣)에서 잠시 열부의 삶을 보고는 고택에 들어선다.

명재고택은 노성산(魯城山)의 기운이 남쪽으로 흘러 산자락 명당에 노성향교와 나란히 터를 잡은 조선 숙종대 소론의 영수 명재(明齋) 윤증(尹拯)의 집이다. 여느 양반네처럼 솟을대문이나 담장도 없이 활짝 열린 고택이라 마음이 한결 가깝게 다가섰다.

고택에 들어서니 넓은 바깥마당과 이웃한 네모난 연못에는 수

절구 속의 백일홍 꽃잎

초가 물 위에 가득하고, 인공의 작은 섬에 심은 300년 된 배롱나무에 꽃들이 가득하다. 나무를 떠난 꽃은 풀풀 날리며 연못 수초 위로 살포시 산산하게 내려앉았다.

명재고택은 연못을 지나자 정면이 본채와 사랑채로 나눠져 한옥의 기품을 제대로 드러내놓고 있다. 고택과 어우러진 배롱나무가 한옥의 운치를 더 풀어내고 있다.

본채를 돌아 사랑채에 이르렀다. 사랑채는 왼편에 걸린 '이은시사(離隱時舍; 속세를 떠나 은거하며 때를 기다리는 집)'란 현판이 눈에 띈다. 현실에 타협하지 않고 꿋꿋했던 그의 성품을 나타낸 듯하다.

사랑채 마당을 건너 멀리서 사랑채를 다시 바라본다. 주인을 닮은 집과 은은하게 스며드는 배롱나무의 단아함이 어우러져 태곳적부터 그 자리에 있는 듯 조화롭기만 하다.

배롱나무의 아름다움에 빠져 사랑채 옆 배롱나무에는 줄지어 사진을 찍으려고 기다리는 모델들이 많아 오롯한 배롱나무 사진을 담으려 한참을 기다린다. 세상의 가장 멋진 자태로 꽃과 하나가 되는 사람들의 모습에 한낮의 더위는 사라지듯 물러섰다.

배롱나무 뒤 명재고택의 백미인 장독대의 배열이 가지런하다. 장독대마다 사연을 담으려다 깨진 장독이 한두 개가 아니라는 집주인의 말에 문득 대나무에 이름을 새기는 못된 문화의식을 본다. 문화재는 내 것처럼 훼손하지 말아야 한다는 명제를 되새겨본다.

고택의 장독대는 오른편 작은 언덕 커다란 느티나무 서 있는 자리에서 봐야 제대로다. 장독대의 모습을 담기 위해 작은 언덕으로 부지런히 올랐다. 이르게 온 터라 아직 사람이 많지 않아 느티나무 사이에서 장독대를 조망할 수 있었다.

겨울 명재고택의 눈 쌓인 장독대의 고아한 모습을 찍은 사진을 보고 빠져들었는데, 장독과 고택의 사랑채와 배롱나무와 어우러져 풀어내는 경치에 입을 다물지 못하겠다. 이 자리가 아니면 절대 이뤄질 수 없는 광경, 어떤 말로도 이 감정을 설명하지 못하겠다. 배롱나무를 보러 왔다가 만나게 되는 부채살 모양으로 펼쳐 있는 장독대 풍경은 내가 명재고택에서 만난 또 다른 선물이다.

담양 명옥헌(鳴玉軒)의 배롱나무

담양 명옥헌은 번잡할 것 같아 사람들을 피해 이른 아침에 찾았다. 마을을 들어서니 담장마다 홍보의 장이다. 친절하게 명옥헌 가는 길이란 글씨가 보여 명소를 알리려는 마을 사람들의 기발함이 즐겁다. 명옥헌의 시작은 배롱나무꽃이 가득한 연못을 만나면서 시작된다. 연못을 중심으로 가운데는 작은 섬이 있고 양쪽 연못의 둑에는 섬을 옹위하듯 배롱나무가 줄줄이 이어져 둘러쌓고 있다.

연못 한가운데 섬에는 외로이 배롱나무 한그루가 서 있다. 아직 꽃이 덜 영근 붉은 꽃이 점점(點點)이 듬성듬성하다. 연못 밖으로 둘러싼 붉게 타는 배롱나무들은 빨리 피어나라 떼를 부리는 듯한 성화에 못 이겨 며칠 뒤면 붉게 타오르겠다.

명옥헌 가는 길

능수버들처럼 연못을 향해 고개를 숙인 나무에서는 붉은 꽃잎이 눈처럼 연잎에도, 연못 가에도 내려앉았다. 연대에 기댄 연잎끼리 바람에 흔들리며 수런댄다. 그 사이로 소담하면서도 화려한 연꽃이 배롱나무꽃과 짝을 이뤄 하나하나 모인 풍광이 물감이라도 확 뿌린 듯 총천연색이다.

연못을 지나 야트막한 언덕 위 명옥헌이다. 명옥헌에 올라앉아 좌우를 두리번거리다 몸을 돌려 지나왔던 연못을 바라본다.

연못은 눈에서 사라져 보이지 않고 배롱나무꽃으로 산을 이뤘다. 몽실몽실 피어오르는 모양이 영락없는 동산이고 꽃구름이다.

정자 뒤로 흘러 내려오는 시내를 따라 올라가다 보면 우암(尤庵) 송시열(宋時烈)이 제자 오기석(吳祺錫, 1651~1712)에게 써줬다는 바

명옥헌

위에 새긴 '명옥헌 계축(鳴玉軒 癸丑)'은 글씨가 마모되어 희미하게 보인다.

뒷동산에서 작은 계곡을 따라 연못으로 '흘러내리는 물소리(鳴)가 옥구슬(玉)' 같다 해서 명명된 이름이 명옥헌(鳴玉軒)이다. 계곡의 물소리가 지금도 똑같은 걸 보면 사람의 감정은 먼저와 나중이 같은가 보다.

어머니의 배롱나무

내 고향 배롱나무는 가지가 방사형으로 사방에 뻗쳐 있어 꽃이 가지에 가득하면 마치 공작새가 날개를 편듯한 아름다움에서 어머니의 모습을 본다. 나에게 배롱나무는 어머니의 역사이기도 하다.

어릴 적 고향 집 뒤 안은 대숲이었다. 아버님은 항상 입버릇처럼 할머니가 돌아가시면 대숲 뒤 명당에 모신다고 하셨는데, 할머니를 앞서 대숲 뒤 명당에 가시게 되었다. 어느 날 어머니는 뒤 안의 대를 모두 걷어내시고 묘소 주변에 배롱나무를 가져다 심었다.

수십 년 다정한 손길로 묘소의 배롱나무를 가꾸시니, 배롱나무에 가득한 꽃이 근동에서 제일이었다. 사람들은 어머니를 따라 묘소에 목백일홍을 심더니, 지금은 마을 어귀에 배롱나무가 가득하다. 직접 심으신 여름의 붉은 꽃을 보시기에 얼마나 좋으실까. 집 뒤 안의 백일홍을 보면서 사랑의 깊이를 깨달았다.

고향집 장독대와 배롱나무

논산의 명재고택(明齋故宅)과 담양 명옥헌(鳴玉軒), 고향의 어머
니 배롱나무로 이어진 여정을 다산 정약용의 싯구로 대신한다.

마루 앞에 한 그루 백일홍이 피었는데
쓸쓸할 사 그윽한 빛 시골집과 흡사하다.
번갈아서 피고 지며 백일을 끌어가는데
백 가닥의 가지마다 백 개 가지 또 뻗었네.

堂前一樹紫薇花
寂寞幽光似野家
半悴半榮延百日
百條仍有百杈枒

순백의 세상, 자작나무숲을 걷다
– 경북 영양 죽파리 자작나무숲

- **출발지 주소** 경북 영양군 수비면 자작나무길 79 자작나무숲 안내센터
- **걷는 거리** 13km
- **소요시간** 4시간
- **걷기 포인트** 순백의 자작나무숲을 거닐며 힐링하다
- **난이도** 중하
- **걷는 구간** 자작나무숲 안내센터~자작나무숲~자작나무숲 안내센터

꽃부리(英)와 따뜻한 볕(陽)의 세계로 들어서다

영양(英陽)은 봉화, 청송과 더불어 오지(奧地) 중의 오지다. 동쪽으로 울진과 영덕과 접하고, 서로는 안동, 남쪽으로는 청송, 북으로는 봉화와 맞닿은 곳이다. 인구도 만육천여 명에 지나지 않은 작은 군이다. 도보의 목적지 영양 죽파리 자작나무숲은 검마산(劍磨山, 1017m) 깊은 곳에 자리 잡고 있어 지금껏 사람의 손길이 미치지 않았던 심산유곡이다.

봉화와 영양을 가르는 일월산 자락에 연꽃이 물 위에 뜬 형상이라는 우련전(雨蓮田)을 지나 영양으로 들어섰다. 깊은 계곡길을 지나는 탓인지 한참을 달려도 차 한 대 마주하기 어렵다. 가끔씩 지나가는 차를 보니 이곳이 정말 오지인 것이 분명하다.

일월산(日月山, 1217m)에서 발원된 반변천(半邊川)계곡과 앞서거니 뒤서거니 우리 차는 일월산 자생화공원을 지난다. 오랜 세월 침식 탓에 산자락 급경사로 바위는 맨살을 드러내며 계곡으로 내려섰다. 거세게 내려오며 요동치는 물살은 바위를 크게 부딪치고는 하얀 파편을 드러낸다. 암반을 크게 치고는 방향을 트는 물의 흐름이 변화가 무쌍하다.

송하리를 지나 백암산(白巖山, 1004m)과 검마산에서 발원한 장파천(長坡川)이 흘러내리는 아름다운 궤적을 보며 죽파리로 향한다. 장파천을 바라보며 이 천의 시작점에 있는 자작나무숲을 찾아간다는 생각에 반갑다.

검마산에서 내려오는 장파천 상류

서낭당과 세 그루의 느티나무

———

어느덧 천변에 옹기종기 모여있는 하죽파마을을 지난다. 죽파리는 상죽파와 하죽파로 나뉘는데 하죽파마을을 지나 3km를 더가서 도로를 끼고 돌아 느티나무가 커다랗게 하늘을 가린 상죽파의 장파경로당, 도보의 출발지에 들어섰다.

가을로 접어든 날씨는 전날 내린 비로 선선해서 걷기에 좋았다. 잔뜩 구름이 끼었다가 마을에 도착한 순간 구름이 걷히고 햇볕이 쨍쨍하다.

경로당 맞은편 서낭당에는 금줄을 쳐 함부로 잡인과 속된 것들

을 경계했다. 마을에 들어서는 외인이라 서낭당에 고개를 숙이고
예를 표했다. 서낭당을 감싸고 있는 수백 년은 됨직한 느티나무 세
그루가 한 나무처럼 서 있다. 한 뿌리 형제인 듯 어우러져 멀리서
보면 마을을 이고 있는 커다란 지붕 같다. 이곳 느티나무 쉼터에서
가방을 정리하고 숲에 들어갈 채비를 차렸다.

쉼터에서 둘러보면 사방이 산으로 가렸다. 검마산과 갈미산, 백
암산 등 큰 산들이 마을을 감싸고 있어서 영양에서도 깊숙하다. 보
부상들이 이곳에 정착하면서 마을이 생겼는데, 언덕에 대나무가
많다고 죽파리라 불렀다 한다. 봇짐을 지고 여기저기를 돌아다니
는 보부상이 정착한 이유는 아마도 이곳에서 검마산과 백암산을
넘어가면 울진과 봉화로 가는 길이 수월해서가 아닐까 하는 생각
이 들었다.

숲으로 들어서다

마을을 지나 신작로를 따라간다. 길 양옆으로 금방이라도 불을
낼 것처럼 빨갛게 익은 고추며, 사랑하는 이의 마음을 담은 접시꽃
이며, 봉숭아꽃 등이 다투어 객을 반긴다. 옥수수는 금방이라도 옷
을 벗을 것처럼 부풀어 올랐다. 어제 내린 비로 초가을의 선선함이
몸을 가볍게 한다.

장파천을 옆에 두고 임도를 따라가며 듣는 물소리며, 때늦은 매
미 소리에 취해 시간 가는 줄 모르고 걷다 보면 어느새 검마산과 백

암산을 가르는 임도 삼거리다. 삼거리에는 낙동정맥로 지도와 표식이 있고, 자작나무숲까지 3.2km라는 표지목이 보인다.

태백의 구봉산(九峰山, 902.2m)에서 출발한 낙동정맥이 칠보산(七寶山, 974.2m)을 지나 자작나무숲이 있는 검마산에 이른 것이다. 장쾌한 민족의 산맥이 지나는 길임을 알리는 표지 앞에 경건해진다.

삼거리에서 직진하여 자작나무숲이 기다리고 있는 검마산 방향으로 향한다. 계곡은 작은 자갈 사이로 아주 얌전하게 흐르고 있다. 여느 계곡이라면 큰 바위를 때리며 위험스럽게 흐르지만 여긴 아주 얌전하다.

하늘을 가리는 울창한 숲을 따라 물소리와 바람 소리, 새소리 등 숲의 속삭임을 들으면 이곳은 속세와는 다른 별천지임을 새삼 깨닫는다. 계곡을 따라 걷고 싶은 충동이 일어났지만, 여름이 가고 가을로 접어들기에 객기를 자제한다.

수피(樹皮)가 푹신푹신한 굴참나무며, 너저분하게 껍질이 벗겨지는 물박달나무, 하늘 높이 올라간 금강소나무 등이 갈 길을 막고 제 모습을 자랑한다.

국내 최대의 자작나무숲

상죽파에서 5km를 걸어 자작나무숲에 도착했다. 낙동정맥의 큰 줄기에 자리 잡은 자작나무숲이라서 산에서 내려오는 계곡의 물을 받아 더욱 무성하게 큰 숲을 이룬 모양이다. 사람의 손길이 닿지 않은 채 꼭꼭 숨었다가 이제 성목(成木)으로 나타난 것이다.

자작나무는 한대목(寒帶木)이라 우리나라에서도 북쪽 추운 지방에서 잘 자란다. 인제 원대리의 자작나무는 1987년부터 심기 시작했고, 영양 죽파리의 자작나무는 그보다 5년 늦은 1993년부터 심기 시작했다. 자작나무의 범위로 보면 이곳이 30ha로 세 배가 훨씬 넘는다. 이 외에도 비슷한 시기에 인제와 홍천 경계에 있는 수산리에도 자작나무숲이 조성됐다. 원대리와 죽파리의 자작나무는 가까이에서 볼 수 있다면 수산리 자작나무숲은 임도를 따라가면서 멀리서 보는 차이가 있다. 멀리서와 가까이서 보는 느낌은 아주 다르다.

하얀 세상으로 만든 자작나무를 바라보며 영화 속 한 장면처럼

백두산 이도백하에서 백두산을 가는 여정이 생각난다. 가도 가도 끝없이 펼쳐진 자작나무숲을 걷고 싶은 그리움은 죽파리 자작나무숲 이곳에서 비로소 해소하게 되었다. 자작나무숲은 산에서 내려오는 작은 계곡을 건너면서 시작되었다. 몽유병 환자처럼 이곳저곳을 자작나무와 호흡을 하며 걷다가 실처럼 벗겨지는 수피를 만져본다. 거칠지 않은 아주 부드러운 질감으로 다가온다. 손을 바라보니 초를 만지는 느낌의 하얀 가루가 옅게 묻어나온다.

자작나무는 수피의 겉이 둘둘 말린 얇은 종이처럼 살짝 말려 올라온다. 하얀 표피를 걷어낸 수피는 아주 옅은 황톳빛이 은은하여 하얀 세상을 거부하지 않는다.

나무가 자라면서 아래쪽 가지가 떨어져 나간 검은 자국의 가지흔은 여러 모양의 그림을 그려낸다. 산수화를 그린 듯하고, 때론 화산 폭발하는 분화구의 형상도 보이는 등 다양한 모습을 구현해서 너무 신기해 자꾸 나무들의 가지혼을 찾아다녔다.

　비라도 올 모양인지 구름이 짙게 끼어 대낮인데도 사방이 어두워진다. 어두운 저녁처럼 느껴질 때 자작나무 하얀색이 더 하얗게 드러나는 착각에 빠진다. 눈의 착시일까. 마치 자작나무가 환하게 불을 밝힌 듯하다. 껍질을 태워 밝힌 불이 아니라 자작나무 하얀 수피가 스스로 밝힌 등처럼 느껴졌다.

　수피가 불에 탈 때 자작자작 소리가 난다는 데서 이름이 붙은 자작나무의 효능과 쓰임새는 참 많다. 수피에서 난 기름으로 북방의 캄캄한 밤을 밝혀주던 등불이 되었고, 오랜 세월이 지나도 썩지 않아서 화피(樺皮)는 글과 그림을 담는 화피(畵皮)가 되었으며, 수피를 태워 재로 글씨를 썼고, 5월이면 나무 밑동에 구멍을 내어 무병장수한다는 맑은 화수(樺水)를 뽑아 마셨으며, 화목(樺木)은 오랫동안 썩지 않고 단단해서 건축자재로 쓰였다. 백두산 근처의 너와집에서는 자작 껍질로 지붕을 올리면 빗물이 화피(樺皮)의 기름기를 피

해 안으로 스며들지 않았다고 하니 추운 북쪽 지방에서는 하나도 버릴 것이 없는 생존에 필요한 자연의 선물인 나무였다. 따뜻한 남도 여행 중 자작나무처럼 보이는 나무는 자작나무가 아니라 거제수나무나 사스래나무다. 예전 동행하는 사람들에게 헛지식만 전달했다. 다시 만나면 그 나무가 자작나무가 아닌 것을 말해줘야겠다.

자연과 하나가 되다

자작나무에 취해 숲 여기저기 4km를 더듬거리며 돌아다니다 보니 시간이 많이 흘렀다. 하늘은 해와 구름을 반복하다가 기어코 비를 쏟기 시작한다. 비를 맞으면서도 마지막까지 숲을 더 살피다가 시작점인 작은 개천을 건너며 자작나무숲 탐방을 끝냈다.

다시 상죽파로 하산을 하는데 비는 여전히 오락가락한다. 계곡의 물소리는 더 요란해져 나뭇잎을 때리는 빗방울 소리와 아름다운 합주를 한다. 비가 멈추고 이따금 내리는 햇살은 숲 사이로 여러 가닥의 빛을 내놓는다. 자연의 모든 것들이 하나씩 일어나서 아름다운 합주를 하고 있고, 나도 그 속으로 들어가 자연과 하나가 되었다.

9월
어떤아름다움을 건너는 방법

호남의 금강산을 걷다

– 전남 영암 월출산 산행

- **출발지 주소** 전남 영암군 군서면 도갑사로 306 도갑사
- **걷는 거리** 13.5km
- **소요시간** 6시간
- **걷기 포인트** 도갑사에서 시작하여 영암군으로 내려오는 코스. 월출산의 모든 것을 볼 수 있는 코스
- **난이도** 상
- **걷는 구간** 도갑사~미왕재 억새밭~구정봉~베틀바위~바람재~천황봉~산성대 입구

영산강은 나주평야를 도도히 흐르는 호남의 젖줄이다. 남도에 풍요로움을 주며 흐르는 영산강은 영암에 이르러 우뚝 솟은 월출산과 마주한다. 산의 형세가 활활 타오르는 불과 같아서 영산강이 여기까지 내려와 불을 식히고는 물줄기를 돌린 모양이다.

일출(日出)이 아니고 월출(月出)인 것은, 영산강 물로 불을 식혔기 때문이라는 재밌는 상상을 하며 영암군에 들어섰다.

영암군에서 목포 방면으로 가다가 군서면의 벗나무 길로 접어들며 월출산 서쪽 자락을 지난다. 크고 작은 벗나무가 길 좌우로 드리워져 봄이면 꽃의 터널로 장관을 이루겠다. 일주문 앞 500여 년이 되는 거대한 팽나무가 도갑사의 역사와 월출산의 풍상을 담고 의연히 서 있다.

천년 사찰 도갑사(道岬寺)

일주문을 지나 오롯한 숲길을 100여 미터를 지나면 도갑사의 가장 오래된 건물인 해탈문(解脫門, 국보 50호)이다. 해탈문은 속세를 벗어나 법계(法界)로 들어가는 문이다. 숲길 끝의 해탈문에 이르자 사찰의 모습이 눈앞에 가득하다. 해탈문을 통해 비로소 속세에서 부처님의 품 안으로 들어서는 의미가 내포되어 있다. 도갑사는 신라 말 도선국사(道詵國師)가 창건하고, 1456년 수미(守眉)와 신미(信眉)대사가 중창하였다. 한때 승려 수가 730여 명에 달했을 정도로 큰 사찰이었는데, 지금은 공양 지을 물을 담아 두는 커다란 석조

도갑사 대웅전

(石槽)가 도갑사의 옛 영화를 말해준다.

대웅전을 돌아 월출산 등산길로 접어든다. 숲은 시원하고 계곡
은 맑고 청량하다. 숲길에 들어서자 짹짹거리는 새소리와 나무 사
이로 내리는 이른 아침 빛이 반긴다.

길은 좌우로 갈리고 왼쪽이 미륵전이다. 미륵전 돌계단을 오르
자 은은한 미소를 띤 석조여래좌상이 객을 맞이한다. 불상이 몸체
와 광배가 하나의 돌에 조각되어 있어 마치 바위에 새겨진 마애불
을 바라보는 느낌이다. 속세의 때 묻은 중생을 자애롭게 바라보는
석가의 미소에 저절로 고개를 숙여 합장하였다.

미륵전을 나와 오른쪽 등산로로 접어들자 바로 부도전(浮屠殿)
과 도선국사와 수미대사의 행적을 기록한 도선수미비(道詵守眉碑,
보물 1395호)다. 탑비 옆면에 새겨진 등룡(騰龍)이 힘차게 산객(山

客)에게 기운을 보탠다.

　도갑사계곡을 따라 산을 오르기 시작한다. 산 중턱까지 계곡의 시원한 물줄기와 함께 걷는다. 산을 오르며 불쑥불쑥 이는 상념을 계곡으로 흘려보내고 비워낸다. 삼나무와 편백나무 군락이 보이고, 때죽나무며 줄참나무, 개벗나무, 소사나무 등이 어우러져 산길이 조화롭다.

한없이 자유로운 미왕재(尾旺嶺) 억새밭

　도갑사에서 출발한 지 한 시간쯤 걸어 숲 사이로 난 데크를 지나자 비로소 하늘이 열리며 월출산 주 능선의 고개 미왕재(540m) 억새밭에 다다랐다. 인기척을 느낀 새들이 푸드득 하늘로 날아오르고, 창공에는 매 한 마리가 선회하더니 구정봉 방향으로 날아간다.

미왕재에서 바라본 강진

답답하던 시야는 미왕재에서 막힌 데 없이 자유롭다. 드넓은 억새밭을 상상했지만, 아직 억새는 노랗게 물들지 않고 그렇게 넓지도 않다. 과거 숲이었던 이곳이 산불이 난 뒤로 나무가 사라지고 이렇게 억새가 주인이 된 곳이다.

바위에 올라 멀리 바다 위 섬들과 동남쪽으로 펼쳐진 첩첩연봉을 바라보며, 시원한 바람, 드넓은 창공, 끝없이 펼쳐진 무비한 세상에 한동안 마음을 두었다.

억새를 헤치며 구정봉을 향해 발걸음을 놓는다. 향로봉과 구정봉이 손에 잡힐 듯 가까이 보인다. 거대한 바위들이 파도처럼 산 위로 치달려 올라가는 듯 보인다. 미왕재에서 1.5km를 걸어 구정봉 삼거리 능선에 올랐다. 우측으로 100여 미터를 오르면 향로봉(743m)이고, 좌측으로 100여 미터 진행하면 구정봉이다. 이곳 구

구정봉 웅덩이

정봉 능선을 경계로 북쪽은 영암군 영암읍이고, 남쪽은 강진군 성전면이다.

정상 암반에 올라보니 크고 작은 웅덩이가 펼쳐져 있는데 세어 보니 아홉이다. 웅덩이(井)마다 용이 살았다는 전설을 떠올리며 더 찬찬히 살펴보면서 상상력에 감탄한다. 널찍한 바위 웅덩이에 고인 물에 잔물결이 인다. 웅덩이 물결 너머로 영암읍이 한눈에 들어오는데 온통 푸르다. 대지의 벼는 가을이 깊어가면 황금색 들녘으로 변하겠지.

염화시중(拈華示衆)의 미소를 바라보며

구정봉에서 능선을 벗어나 마애여래좌상을 보기로 했다. 500여 미터 아래로 내려갔다가 다시 원점으로 돌아와야 하기에 잠시 고민하다가 후회를 남기지 않기로 했다.

마애불을 친견하는 순간 감탄과 함께 경외감을 느낀다. 높이 8.6미터의 마애여래좌상을 지나쳤다면 두고두고 후회했을 터다.

신라 말 고려 초의 것으로 추정되는데, 완벽한 하나의 조각작품이다. 바위 면을 파서 불상이 들어앉을 자

마애여래좌상

리를 만들고 마애불을 새겨놓았다. 바위의 결을 따라 만들었기에 약간의 불균형이 있지만, 전체적으로 웅장하다. 얼굴과 팔, 다리 등 질감이 아주 잘 표현되어 있다. 불상 오른쪽에 높이 90cm 높이로 새겨진 선재동자상(善財童子像)이 부처님을 향하여 예불을 올리고, 지긋이 아래로 동자상을 내려보는 듯한 마애불의 눈길이 한없이 자애롭다.

마애여래좌상을 보고 다시 되돌아와 바람재로 향한다. 짧은 거리지만 건너편 천황봉을 조망한다. 발걸음을 옮김에 따라 바위의 모습이 조금씩 변화를 한다. 여러 모양으로 변하는 것을 바라보며 걷는 재미도 쏠쏠하다.

음양의 조화가 빼어난 베틀굴을 지나며

임진왜란 때 여인들이 난을 피해 이곳에 서 베를 짰다는 전설에서 유래된 이름인데 모양이 요상하다. 백제 왕인박사가 이곳에 책을 넣어두었다는 책굴이라는 전설도 있다. 굴의 깊이는 10여 미터쯤 되는데 마치 여성의 은밀한 모습과 닮아서 바람재를 지나 만나는 남근바위와 음양의 조화를 이루며 월출산의 명소가 되었다.

남근바위

바람재 삼거리에 도착했다. 구정봉과 천황봉 사이를 연결해 주는 바람도 쉬어 가는 곳이다. 구정봉 암봉을 다른 말로 큰바위 얼굴이라고 부르는데, 바람재에서 바라보면 영락없이 거인의 얼굴이다. 또한 투구를 쓴 장군의 모습이기도 하여 장군바위라고도 부르는 거대한 큰바위 얼굴이다.

구정봉과 향로봉 사이의 바위를 바라보니 우주인을 닮은 것, 돼지며 원숭이를 닮은 것 등 생김새가 하도 다양해서 닮은꼴을 찾아보느라 지체를 한다.

바람재에서 남쪽으로 내려가면 금릉경포대(金陵鏡布臺)다. 금릉은 강진의 옛 이름이고, 산속에 펼쳐진 아름다운 경치를 말하는데, 바다가 아름다운 강원도의 경포대(鏡浦臺)와는 한자부터 다르다.

남근바위를 지나 천황봉을 향한다. 가팔라서 천천히 오른다. 뒤를 돌아보면 너무 아찔해서 가슴이 내려앉는다.

월출산 최고봉, 천왕봉에서 바라본 세상

가쁜 숨을 몰아쉬며 월출산 최고봉 천황봉에 도착했다. 50여 명은 족히 앉을 암반에 앉아 사방으로 가지를 튼 능선을 감상한다. 기묘하고 거대한 암릉 능선은 영암과 강진을 아우르며 활활 타오르는 불꽃인 듯, 서해를 가르는 거친 파도인 듯 솟구치고 굽이치며 산 아래로 내달린다.

북쪽으로는 영암 산성대 능선이 보이고, 동쪽으로는 사자봉과 매봉, 시루봉이 포효한다. 서쪽을 바라보면 구정봉과 향로봉이 고개를 숙인다. 이곳이 홀로 우뚝한 월출산 정상 천황봉이다.

매월당 김시습(梅月堂 金時習)은 "남도에 그림처럼 아름다운 산이 하나 있으니, 달은 푸른 하늘에 뜨지 않고 이 산을 오르더라[南州有一畵中山 月不靑天出比間]"라며 빼어난 절경을 표현했는데, 어찌

천황봉에서 바라본 서쪽 능선

글로 이 경치를 다 설명할 수 있을까!

일행이 이곳 산세가 설악과 닮았다고 한다. 바라보는 각도에 따라서 천변만화하는 바위의 모습은 마치 석공이 다듬은 양 만 가지의 모습을 담고 있는 만물상과 같다.

천황봉 정상석

비경(秘境), 산성대(山城臺) 가는 길

하늘로 통하는 통천문을 지나 산성대로 내려가는 길로 들어선다. 산성대 코스는 천황봉에서 영양읍 방향의 탐방로이다.

험한 암릉으로 이어진 월출산의 절경 중 사람의 접근을 불허했던 코스가 산성대다. 전설처럼 그 명성만 유지하다 2015년 세상에 모습을 드러낸 산성대는 바위와 바위를 넘나들며 철계단과 난간을 의지해서 걷는 코스다. 굽이치는 암릉을 타고 넘노라면 간담이 서늘해지고 오금이 저린다. 바람을 맞으며 바위에서 자란 소나무들은 사람 손으로는 표현할 수 없는 천연 분재다. 바람결대로 휘어지고 늘어진 키가 크게 자라지 못한 소나무를 구경하며 자꾸 발길이 더뎌졌다. 다양한 모습의 바위들을 가까이서 보고 손으로 만져보

통천문

며 걷는, 지금껏 보지 못한 월출산의 신세계다.

암릉을 타고 내려오면서 펼쳐진 영암의 읍내와 널따란 대지가 눈에 가득 차온다. 멀리 뭇 산들이 발아래 굽이치며 흘러가는 모습도 장관이다. 대지를 가로지르는 영산강의 물줄기는 거대하게 곡선을 그리며 나주평야를 가로지른다. 장쾌하다.

산성대는 산성대코스 중간쯤에 있는 봉수대 자리다. 해발 471미터 절벽에 놓인 자리는 간담이 서늘할 정도로 아슬아슬한 단애 위에 있다. 일반적으로 봉수대는 산 정상에 있는데, 더는 정상으로 오르기가 불가능해서 이곳에 봉수대를 설치했을 것이란 추측이 든다.

산성대에서 조금 내려가면 월출제일관(月出第一關)이란 글씨가

산성대의 천연분재 소나무

새겨져 있는 바위를 만난다. 이곳에 문이 있었다는데 흔적을 찾아볼 수가 없다.

산성대 입구 탐방안내소에 도달한다. 기찬묏길을 걷는 사람들이 스치며 바삐 지나간다. 월출산을 눈으로 담고 마음으로 품은 하루는 가슴이 벅차고 다리가 뻐근하다.

등산화를 벗고 다시금 번다한 속세에 이르렀지만, 심안(心眼)은 청정하고 가슴이 여전히 황홀한 것은 이번 월출산행이 도갑사 경내를 거쳐 법계로 들어서 계곡과 연속된 암릉의 월출 선계(仙界)를 두루 돌아 영암 속계(俗界)에 이른 만행(萬行)이었기 때문이리라.

경기의 비경을 감춘 숲길을 걷다

– 경기 파주 감악산 둘레길 산행

- **출발지 주소** 경기도 파주시 적성면 설마리 48-44 파주 감악산 출렁다리
- **걷는 거리** 22.5km
- **소요시간** 9시간~10시간
- **걷기 포인트** 법륜사에서 시작하여 왼쪽으로 돌면서 산 정상부를 오르는 산자락과 주변 마을, 계곡을 잇는 길 감상
- **난이도** 중
- **걷는 구간** 손마중길~천둥바윗길~하늘동네길~임꺽정길~청산계곡길

파주 감악산(紺嶽山)은 개성의 송악산(松嶽山), 가평의 화악산, 포천의 운악산(雲嶽山), 안양의 관악산(冠嶽山)과 더불어 경기도 오악(五嶽) 중의 하나다. 높이가 675미터로 그리 높지 않으나 경치가 빼어나다.

감악산을 처음 만난 건 20여 년 전 연천에 있는 숭의전을 가면서다. 숭의전(崇義殿)은 고려 7왕과 고려 충신 15인을 함께 모신 곳이다. 자주 숭의전에 들렀는데 항상 감악산을 지나갔다. 그때는 감악산을 잘 몰랐고, 예전에는 일대가 전방에 근접한 군사지역이어서 맘대로 산을 오르거나 쉽게 들어설 수도 없었다.

감악산 둘레길은 손마중길, 천둥바윗길, 하늘동네길, 임꺽정길, 청산계곡길 등 총 5개 코스다. 모든 코스를 합하면 21km의 둘레길이다.

아찔한 출렁다리,
시원한 계곡길, 다양한 산 트래킹

감악산 출렁다리 앞이다. 이른 아침에도 불구하고 다리를 건너기 위해 선 줄이 장사진이다. 현수교인 출렁다리의 길이가 170미터이고 폭이 1.5미터라 하니 아찔하기만 하다. 출렁다리를 건너 데크길을 따라 들어가면 운계폭포다. 계곡은 말랐는데 폭포가 계속 떨어진다. 비밀을 간직한 폭포다. 폭포의 비밀을 사람들은 다 아는 것 같다.

법륜사(法輪寺) 앞에 이르렀다. 여기서부터 손마중길이다. 길은 법륜사를 좌로 돌아가는 길이다. 손마중길의 출발은 평탄했다. 데크와 흙길이 섞여 있어 편안했다. 객을 반기는 듯 길게 늘어선 소나무의 솔잎이 햇빛에 격자로 웃고 있다. 운계 전망대를 지났다. 멀리 보이는 공중에 매달린 출렁다리가 바람에 휘청 흔들릴 것같이 간담이 서늘하다. 길은 따라 걷기 편하게 계속 이어졌다. 법륜사에서 2.4km를 진행하니 선고개가 나왔다. 선고개는 옛 적성면 객현리의 마을사람들이 적성현(縣)에서 오는 귀한 손님을 맞이하기 위하여 오갔던 고개 이름에서 손마중길 이름을 붙인 이유다.

감악산 법륜사

길은 계속 이어졌다. 줄맞춘 듯 가지런히 이어진 빼곡한 소나무 숲은 살랑살랑 걷는 이의 마음을 한없이 부드럽게 만들었다. 빗방울은 오다가다를 반복하며 조금씩 마음을 젖게 만들었다. 손마중길의 끝 지점인 산촌마을로 접어들 무렵 소나무 숲길 사이로 밤 한 그루가 있고 길에는 밤이 가득 떨어져 있다. 벌써 손 빠른 앞사람이 많이들 까가고 빈 밤송이만 온 길에 가득 널려 있다. 산촌마을을 지나 어느새 천둥바윗길로 접어들었다.

천둥바윗길의 유래는 장마철에 계곡 상류의 바윗골을 따라 흘러내리는 물소리가 마치 천둥소리 같다고 해서 만들어진 이름이다. 청운계곡을 지났다. 바싹 말라 계곡에는 물 한 방울 없었다. 물이 바위를 때려 천둥소리를 낸다고 했는데…. 마른 계곡을 건너 봉암사를 향했다.

첩첩이 바위길 지나 가시덤불 헤치고 가는 길

—

봉암사를 앞에 두고 우측으로 길은 진행된다. 바싹 마른 사슴 한 마리가 비틀거리며 바위들 사이를 어렵게 지나간다. 다가설 수 없는 지역이라 길로 나와서 먹으라고 음식을 길에 놔둔다. 바위들 사이로 사라진 녀석은 보이지 않는다. 길을 비켜주고 다시 길을 나섰다. 첩첩이 바위길이다. 바위 틈 사이 천남성이 빨간 열매로 걷는 자를 현혹한다.

들락거리던 빗방울은 숲길 나뭇잎에 제 몸을 부딪치며 기분 좋은 소리로 울어댄다. 생명의 기운이 가득한 숲이다. 숲의 정령이 나를 이끄는 것 같은 묘한 환상에 빠져들었다. 아름답다. 길은 생명의 힘으로 가득했다.

바위지대를 지났다. 본격 등산이다. 숨이 턱까지 차올랐다. 꼭대기에 도달하면 조금 내려가다가 다시 가빠르게 오르기를 몇 번이나 반복했다. 차라리 한 번에 오르는 정상이면 괜찮은데 계속 오르내려야 하는 힘든 길이다. 가쁜 숨을 거칠게 내쉬며 꼭대기에 오르면 땀을 씻겨주는 시원한 바람에 다시 힘을 낸다.

하늘마을길 시작점이다. 마을에서부터 이어온 시멘트 도로가 감악산 정상 방면으로 지난다. 시멘트 도로를 가로질러 길을 이어

갔다

　사람들이 다니지 않아서인지 길 같지가 않다. 거친 가시풀이 키를 훌쩍 넘긴다. 스틱으로 가시덤불을 헤치며 어렵게 진행했다. 희미한 길을 따라 풀을 헤치고 나아가기 시작한다. 다행히 길지 않았다. 숲길이 끝나자 아까 만났던 마을에서 이어지는 시멘트 도로를 만났다. 하늘아래 첫 동네다. 군인들의 훈련터인 태풍유격대훈련장을 지나 백련사다.

　백련사는 아주 작은 사찰로 사람이 살지 않는 것처럼 보였다. 백련사를 지나자 시멘트 마을길이 급격히 고도를 높인다. 짧지만 미끄러운 구간이라 첫걸음부터 숨이 가쁘다. 길옆 돌담이 끊기고 숲이 짙어질 즈음 철탑이 나타났다

　철탑을 지나면 산등성이를 따라 걷는 완만한 능선길로 하누재로 이어진다. 등줄기를 타고 흐르던 땀은 하누재 쉼터의 시원한 바람에 순식간에 식는다.

　하누재를 넘자 임꺽정봉이 시야를 가득 채운다. 봉우리 기슭의 동광정사에 이르렀다. 절 뒤로 호령하듯 솟은 바위 능선 뒤로 임꺽정의 전설이 겹쳐 보인다

　동광정사를 지나온다. 쉼터를 거쳐 본격적인 임꺽정길로 접어든다. 초반에는 부드러운 내리막이 이어지지만, 독점마을 터에 가까워질수록 좁은 흙길의 경사가 급하다.

감악산, 서울 주변 사람들이 깊이 사랑하는 산

독점마을 터다. 부도골 북쪽에 독을 만들며 생활하던 사람들이 살았던 터라 해서 독점이다. 천주교인들이 박해를 피해 숨어 살며 독을 빚었던 곳이다. 독점 옆에 가마 터가 보였다. 감악산 여기저기서 보이던 가마 터가 많이 보이는 것으로 보아 감악산에서 숯을 생산해서 외지에다 내다 팔아 입에 풀칠하는 수단이었던 것 같다. 독점은 천주교 신자들이 박해를 피해 숨어 살며 지금은 옛 담장 자취와 숯가마 터만 군데군데 남아 있을 뿐이지만, 감악산이 한때 생계의 무대였음을 증언한다. 숯가마 굴뚝 자리마다 낡은 숯덩이가 흙빛과 뒤섞여 반짝여서 숯가마에 숯을 만들었을 옛 선인들이 눈

숯가마터

에 그리듯 선하다.

독점을 지나 도착한 곳이 부도골이다. 부도골 이름의 유래는 신암사의 고승 사리를 담은 부도가 여기에 있었다 하여 부도골이다. 지금은 절터만 남아있고, 부도(승탑)는 일제강점기 문화재 수탈의 현장을 증언할 뿐이다. 본디 있던 자리로 돌아와야 문화재도 빛이 날텐데 안타까운 일이다.

부도골을 벗어나면 임도가 계곡을 따라 완만히 이어진다. 드문드문 들리는 차량 소리에 길을 비켜서는 일이 잦다. 이 일대가 군사 훈련지대였음을 알리는 유격장 시설물들도 계곡 사이마다 나타난다.

청산계곡길 안내표지

마침내 계곡이 넓어지면서 커다란 절벽 사이에 감악산 출렁다리가 모습을 드러낸다. 이렇게 한바퀴 감악산 둘레길 걷기를 마쳤다.

감악산은 예로부터 주변의 사람들이 깊이 사랑하는 산이다. 서울 근교에 이러한 산을 두고 있다는 것은 행복한 일이다. 길이 아름답고 산세가 웅장해서 많은 사람들이 더 찾게 될 것이란 생각이 들었다.

감악산에 와서 출렁다리만 보고 가는 사람이 참 많았다. 더 들어와 둘레길도 돌고 정상도 오르고 그런다면 참 좋을 거라는 생각을 해본다.

10월
이 아름다운 물감 같은 가을에

가을의 문턱에서 자작나무숲을 걷다

– 인제군 수산리 자작나무숲 산행

- **출발지 주소** 강원도 인제군 남면 무학리 46 인제자연학교
- **걷는 거리** 13.5km
- **소요시간** 5시간
- **걷기 포인트** 인제 수산리 자작나무를 보며 걷는 길
- **난이도** 중
- **걷는 구간** 인제자연학교~민박집 삼거리~조교리 임도 삼거리~한반도 숲 전망대~청막골 삼거리~자작나무 오토캠핑장~인제자연학교

안개 걷히는 아침, 가을을 만나다

—

이른 아침, 산자락에 조심스럽게 걸터앉아 있던 안개가 조금씩 옅어지기 시작하더니, 마침내 아침 햇살에 녹듯 스르르 사라져간다. 안개가 걷히자, 하늘은 호수를 닮은 투명한 빛으로 환히 드러나며 시리도록 푸르렀고, 그 청명함은 눈을 가늘게 뜨게 할 만큼 눈부셨다. 여름 내내 반팔로 드러났던 손목 위로 어느새 선선한 기운이 스친다. 무의식중에 옷깃을 여미게 되는 이 순간, 계절은 분명 가을의 문턱을 넘어섰다.

서울에서 양양고속도로를 타고 동홍천 IC를 지나 인제로 향한다. 신남교차로에서 양구 방면으로 좌회전한 뒤 고갯마루를 힘겹게 넘어 내려오면, 어느새 '수산리' 이정표가 눈에 들어온다. 이정표를 따라 다시 6km, 구불구불한 길을 한참 더 들어가야 닿는 그곳. 수산리 자작나무숲을 만나기 위해선 소양호의 물가를 따라 한없이 안으로, 자연의 품속으로 깊숙이 스며들어야 한다. 신남에서 약 20여 분을 달리면 인제자연학교 캠핑장이 나오고, 이곳이 오늘 여정을 시작할 숲길의 들머리다.

자작나무를 향한 길, 가을의 옷을 입기 시작하다

—

캠핑장을 지나 숲길로 들어서면, 자작나무를 만나기 위해선 그

수산천의 단풍 풍광

만큼의 발품을 치러야 한다. 여의도의 두 배에 달하는 광활한 임도
와 산책로는 총 11km에 이르며, 자작나무 군락을 제대로 품으려
면 산책로까지 더해 더욱 긴 여정을 감내해야 한다. 하지만 길이 길
어질수록 숲의 아름다움은 깊이를 더하고, 걷는 이의 마음은 더없
이 맑아진다.

아직 완연히 물들지는 않았지만, 잎들은 서서히 가을의 색을 입
어간다. 연둣빛에서 노란빛으로, 다시 붉은 기운을 품는 그 과정 속
에 자연은 묵묵히 계절을 준비한다. 성급한 몇몇은 벌써 붉게 타올
라, 곧 다가올 가을의 정수를 앞서 전한다. 인가 드문 산길 옆으로
는 수산천이 유리알처럼 맑은 물살을 흐르며 동행한다. 그 위로 가
볍게 내려앉은 낙엽 하나, 빙글빙글 돌며 흐름을 따르는 모습은 가
을의 시작을 알리는 한 폭의 수채화 같다.

순백의 자작나무 숲

자작나무숲, 하얀 숨결을 따라 걷다

—

수산천을 따라 약 1km쯤 걷다 보면 길이 두 갈래로 갈라진다. 우리는 우회 임도 대신 좌측의 숲길로 들어선다. 발걸음이 가벼워지고, 도반과 나누는 대화도 한결 따뜻해진다. 1km 남짓 지나자 작은 다리가 하나 나오고, 그 다리를 건너면 별장이 있는 갈림길이 나타난다. 많은 이들은 좌측 오토캠핑장 방향으로 향하지만, 우리는 오른쪽으로 향한다. 자작나무 전망대에서 내려다보던 가장 울창한 숲 한가운데로 들어간다.

길은 실타래처럼 산속을 깊숙이 파고든다. 녹슨 양철 지붕 아래 우뚝 선 큰 나무 한 그루가 나그네를 맞이하고, 주변엔 옛이야기 하나쯤은 전해질 듯한 정적인 분위기가 감돈다. 산에서 흘러내린 물줄기들이 길을 가로막기도 하지만, 돌다리를 디디고 나무를 붙잡으며 우리는 계속 앞으로 나아간다. 그리고 마침내 하얀 숨결을 토해내는 자작나무 군락에 도착한다.

이곳의 자작나무는 마치 순백의 병사들처럼 산허리를 에워싸고, 곧고 단정하게 서 있다. 남쪽에서는 쉽게 뿌리내리지 못하는 이 북방계 수종이 이곳에선 숲을 이루며 장관을 이룬다. 불에 잘 타고 '자작자작' 소리를 내며 타는 나무, 그래서 붙은 이름. 글 쓰는 이에게는 노트처럼, 화가에게는 캔버스처럼, 그리고 걷는 이에게는 묵묵한 동반자처럼, 자작나무는 다정한 위로가 된다.

한반도 지형 전망대에서

—

다시 갈림길로 되돌아와 오토캠핑장을 지나면 '참막골'이 모습을 드러낸다. 그 둘레를 감싸 안은 400년 된 복자기나무 한 그루가 큰 품을 열어 나그네를 맞는다. 꼭대기만 붉게 물든 모습은 닭의 붉은 벼슬을 닮았고, 2년 전엔 핏빛이 감돌 정도였던 이 나무는, 올해는 아직 가을을 기다리는 중이다. 보름쯤 뒤면 분명 붉은 홍시처럼 익어갈 것이다.

창막골 삼거리에 이르면 방향을 잘못 들기 쉽다. 왼쪽은 빙골 임도와 어론리로 이어지고, 우리는 오른쪽으로 꺾어 한반도 지형 전망대를 향한다. 시멘트와 흙길이 번갈아 나타나는 임도를 2km쯤

수령 400년 가량의 복자기 나무

전망대에서 바라본 단풍든 자작나무숲

오르자, 사방이 탁 트인 전망대가 반긴다. 그곳에서 바라본 한반도
모양의 자작나무숲은 아직 완전히 물들진 않았지만, 계절이 더 익
어갈수록 그 윤곽은 분명해질 것이다.

한반도 모양의 자작나무 숲

이곳에 나무를 심은 이들은, 통일을 기원하며 그 뜻을 심었을지도 모른다. 러시아인들이 자작나무를 '신의 선물'이라 불렀듯, 그 수피에 소원을 쓰면 이루어진다는 전설처럼 하얀 나무들마다 "우리의 소원은 통일"이라고 백 번이고 쓰고 싶은 마음이 일렁인다.

무학골로 향하는 길, 차량이 하나둘 눈에 띄기 시작한다. 아직 단풍은 이르지만, 10월 말이면 이 산은 불붙은 듯한 단풍으로 물들어 사진가들이 모여들 것이다. 인근의 원대리 자작나무숲이 굵고 장대한 데 비해, 수산리의 자작나무는 조용하고 단아하다. 하지만 멀리서 내려다본 풍경은 이곳이 훨씬 더 아름답고 조화롭다.

매봉 갈림길에서 지나온 길을 되돌아본다. 저 멀리 아스라이 보이는 그 길이 내가 걸어온 길임을 깨닫는 순간, 가슴이 찌르르하게 벅차오른다. 우리는 왼쪽 매봉길을 뒤로하고, 오른쪽의 완만한 내리막길을 따라 다시 인제자연학교로 돌아간다.

산을 오르면 반드시 내리막이 있듯, 걷는 길도 오름과 내림을 반복한다. 앞으로 가다가 문득 뒤를 돌아볼 수 있는 것, 그것이야말로 트래킹의 참맛이자 걷는 자에게 주어지는 깊은 기쁨이다. 스스

로를 돌아보고, 자연과 대화를 나누며, 또 하나의 나와 마주하는 시
간. 그래서 이 길 끝에 이르러 말할 수 있다. 이것이 바로, '걷는 자
의 기쁨'이다.

함경도 여행 중에 썼다는 백석 시인의 시 '백화(白樺)'를 떠올린
다. 자작나무의 존재를 얼마나 친밀하고 절절히 느꼈는지 전해
준다.

백화(白樺)

- 백석

산골 집은 대들보도 기둥도 문살도 자작나무다
밤이면 캥캥 여우가 우는 산도 자작나무다
그 맛있는 메밀국수를 삶는 장작도 자작나무다
그리고 감로같이 단 샘이 솟는 박우물도 자작나무다
산 너머는 평안도 땅이 뵈인다는 이 산골은 온통 자작나무다

가을로 들어선 길 위에서, 백석의 시처럼 이 숲의 모든 것이 자
작나무로 느껴진다. 그리고 우리는 그 속에서 가을을 만나고, 걷는
삶의 깊이를 다시 새긴다.

염하강을 끼고 걷는 호국의 길

– 강화 호국돈대길 트래킹

- **출발지 주소** 인천 강화군 강화읍 갑곶리 1022 갑곶돈대
- **걷는 거리** 17km
- **소요시간** 6시간
- **걷기 포인트** 한강과 임진강이 만나는 전략적 요충지, 5진 7보 53돈대의 호국돈대길
- **난이도** 하
- **걷는 구간** 갑곶돈대~더러미 선착장~용진진~용당돈대~화도돈대~오두돈대~광성
  보~용두돈대~손돌목돈대~덕진진~초지진

광성포대

갑곶돈대에서 염하강 물결을 마주하다

강화도는 한강과 임진강, 예성강이 교차하여 서해와 만나며, 바다에서 내륙 어디로나 통할 수 있는 수로가 있기에 지정학적으로 중요한 천혜의 요새 중 하나이다.

이 지역을 차지하기 위해 고구려와 백제가 치열하게 대치하였고, 몽골에 대항하기 위해 강화도로 천도(1232년)한 고려가 39년간 몽골과 항전을 한 곳이다.

조선은 한양을 지키는 전초기지로 섬 전체를 아우르는 동서남북 해안 전역엔 5진 7보 53돈대를 만들고 외적의 침입에 방비했다.

호국돈대길은 강화도와 김포 사이로 바닷물이 강처럼 흐른다 해서 이름이 붙은 염하강(鹽河江; 짠물이 흐르는 강)을 따라 돈대(墩臺)와 돈대 사이를 걷는 길이다.

갑자기 떨어진 기온 탓에 바람이 차고 손이 시리다. 염하강(鹽河江) 건너 김포 쪽에서 부는 찬바람에 손을 비벼본다. 맑고 푸르러 조금만 손을 내밀어도 파문으로 동심원을 그리며 퍼져 나갈 것만 같은 명징한 하늘에는 솜털 같은 구름이 몽실몽실 피어오른다.

몇 주 전 강화 나들길 1코스와 강화산성을 걷고 이곳 갑곶돈대에서 멈췄는데, 다시 여기에서 남쪽으로 용진진, 광성보, 덕진진, 초지진까지 17km를 걷기 위해 같은 자리에 섰다.

강화대교 바로 남단의 갑곶돈대에 들어섰다. 강화의 옛 고구려 지명인 갑비고차(甲比古次)에서 갑곶이란 이름이 유래했다. 갑곶돈대 아래로 말없이 흐르는 염하강은 묵묵히 영욕의 역사를 지켜보았을 것이다. 강화의 역사를 한곳에 모아놓은 전쟁박물관 앞에는 선정비가 줄느런히 서 있다.

갑곶돈대를 나와 염하강변에 들어선다. 염하강 위의 나룻배가 강변의 철조망에 갇혀 있는 것처럼 철조망을 걷어내고 싶다. 남북 분단의 상처여서 더욱 보기에 답답하다.

염하강은 월곶돈대에서 시작해 황산도까지 20여km를 흐르면서, 대몽항쟁을 하던 고려 때부터 조선의 병인양요와 신미양요를 지나기까지 우리 역사의 변곡점을 말없이 지켜봤을 터다.

갯벌 위로 늘어선 갈대가 바람에 반기듯 연신 고갯짓이다. 가을 날은 눈이 부시도록 맑아 갈대가 마치 은빛 물결로 파도처럼 일렁여서 마음을 빼앗는다. 역사를 되새기며 걷는 길이건만 풍경에 마음을 빼앗겨 그저 아득하기만 하다. 갯벌 위를 흐르는 물길은 작은

갯벌

계곡을 만들고, 갯벌은 작은 둔덕을 만들었다. 망둥어를 잡는 낚싯꾼은 강에 낚싯대를 드리우고 입질을 기다리고 있다.

쌀쌀한 가을 날씨에 몸을 움츠리며 걷는 내내 해를 가린 구름은 낯설고 기묘한 풍경을 만들어낸다. 더러미 포구를 지나 용진진에 들어선다.

용진진·용당돈대, 푸른 하늘 아래 흰 성벽을 걷다

용진진((龍津鎭)은 가리산돈대, 좌강돈대, 용당돈대 등 3개 돈대를 관리하는 본진인데, 석축 대부분이 없어지고 홍예문 두 곳만 남아 있다가 문루와 좌강돈대가 1999년에 복원되면서 지금의 형태로 복원되었다. 문루 밑에서 바라보는 하늘색이 아름다워 자꾸 카메라를 눌러대며 눈에 가득 담는다.

가을은 길에 아름다운 야생화를 뿌려놓았다. 잠시 숲길을 따라 돌아가니 용진진 소속의 용당돈대(龍堂墩臺)다. 해안으로 돌출된 용당돈대는 염하강 좌우로 시야가 확보되어 한결 눈이 시원하다. 타원형의 돈대로 4개의 포대 자리가 있고 내부에는 건물터가 있어 이 돈대 안에 병사가 주둔하던 건물이 있었음을 알 수 있다. 건물지에 팽나무 한 그루가 이채롭다. 석축(石築)의 하얀 색이 새로 복원된 티를 확연히 드러내 세월의 흔적이 더 묻어야 에스러워지겠다.

용당돈대를 나와 걷는 바닷가 제방길은 코스모스가 군데군데 길손을 반기고 바람에 하늘대는 갈대와 붉은 함초가 아름답다. 숲

길을 지나자 화도돈대(花島墩臺)가 눈에 들어온다. 장방형의 키 낮은 화도돈대는 포대 자리도 없고 위는 평평하여 완전한 형태의 돈대로 복원된 것이 아닌 것 같았다. 돈대 왼편으로 감나무에는 빨갛게 감이 익어 가을의 정취를 더 짙게 내뿜고 있다. 땅에 떨어진 감을 집어 들고 맛보니 달콤하기 그지없다.

오두돈대와 강화전성, 외세의 포화를 견디다

화도돈대를 나와 오두돈대(鰲頭墩臺)로 향한다. 맑던 하늘은 어느새 구름이 가득하고 어둑하다. 비라도 내릴 것처럼 음습해지며 바람도 차고 햇볕이 사라져 더 오싹하다. 둥그런 원형의 형태를 지닌 오두돈대에 도착했다. 병인양요와 신미양요 때 전투가 치열하게 벌어졌던 곳이어서였을까, 외세에 유린당하던 우리 민족을 생각하니 가슴이 아프다.

오두돈대를 나와 오두리 구석마을에 도착하니 벽돌로 쌓아 올린 강화전성(江華塼城)이다. 강화외성은 고려가 강화도로 천도할 때 동쪽 해안에 23km에 걸쳐 축조된 토성인데, 고려가 몽골과 강화할 때 모두 헐렸다. 조선시대에도 해안 방어를 위해 강화 외성을 축조하고 보수하였는데, 오두돈대의 외성은 영조 때 벽돌로 개축한 성이다. 정조 때 만들어진 같은 형식의 수원 화성보다 50여 년이 앞섰다.

성을 쌓을 당시 심었을 느티나무가 큰 나무로 자라면서 벽돌을 밀어내서 허물어진 곳도 있었다. 멀리서 바라보면 큰나무가 풍성

강화외성

하여 마치 동산처럼 보였다.

무신 어재연(魚在淵, 1823년~1871년) 장군의 동상을 지나 광성보(廣城堡)에 이른다.

개화기 병인양요(丙寅洋擾, 1866년)와 신미양요(辛未洋擾, 1871년)는 처절한 전투를 통해 조선에 수많은 전사자가 발생하게 했다. 치열한 싸움이었지만 화력의 부족으로 일방적으로 당하였던 슬픈 역사의 장소가 바로 이곳이다. 총 소리 포 소리가 어디선가 들려오는 듯하다. 포의 사거리가 미국군의 사거리와는 비교가 안 되게 짧아 어재연(魚在淵) 장군이 이끄는 광성보와 돈대의 수비군이 전몰했다. 신미양요가 150년 전의 역사이건만, 여전히 마음이 아프다.

광성보·덕진진·초지진, 호국의 피 흐르는 마지막 길

—

광성보에는 미 해군과 격돌하다 순국한 분들을 모신 60인의 신미순의총(辛未殉義塚)과 순절비인 쌍충비(雙忠碑)가 모셔 있다. 쌍충비와 순의총을 보고는 고마움에 고개를 숙였다. 목숨을 던져가며 보(堡)를 지키려 했던 이름조차 알려지지 않은 무명 영웅들을 마음에 담았다.

광성보 안의 손돌목돈대(孫突項墩臺)에 올라 염하강을 둘러보고 아래로 내려가 용두돈대(龍頭墩臺)에 이르렀다.

용두돈대는 해안 쪽으로 용머리처럼 길게 내민 곳에 만들어진

광성보

돈대로, 강의 좌우를 살피고 공격할 수 있는 위치에 있다. 염하강은 아주 빠르게 흘러가며 회오리를 치고 강 중간중간에 커다란 포말을 일으키며 기괴한 물소리를 낸다.

용두돈대와 건너편 김포의 손돌묘 사이가 손돌목이다. 밀물이 들어오는지 오전 출발할 때보다 강의 수위가 더 높아졌다. 초지진 쪽에서 바닷물이 거세게 밀려오는 모습을 바라보고 있자니 몽골이 강을 넘지 못한 이유를 알겠다.

손돌목돈대

용두돈대와 염하강

염하강 물결처럼, 굴곡진 역사를 넘어

용두돈대를 나와 광성포대(廣城砲隊)를 지난다. 포대는 염하강과 가장 가까운 지면에서 건너편을 향해 포좌를 놓았다. 치열했던 포격전을 상상하며 숲길로 들어섰다. 광성포대에서 덕진진으로 향하는 숲길 구간이 끝나는 지점에 자리한 감나무에는 감이 빨갛게 익고 바닥에는 바싹 마른 감잎이 수북하고 그 위로 군데군데 감이 떨어져 있다. 누구도 추렴하지 않아 그냥 길에 나뒹구는데도 가을을 진하게 느낀다. 오후 두 시가 막 넘었는데 구름이 해를 가려 어둡고 춥다. 찬바람에 사납게 울어대는 갈대를 따라 걸으니 덕진진(德津鎭)이다.

덕진진(德津鎭)은 강화 해협을 지키는 요충지로, 예하에 남장포대(南障砲台)와 덕진돈대(德津墩臺)를 거느리고 있다. 광성보와 더불어 병인양요와 신미양요 때 외세에 맞서 치열하게 싸운 장소이

덕진진

다. 공조루(控潮樓)를 지나면 남장포대가 바로 있는데 강과 같은 눈
높이의 저지대에 15문의 포대가 설치되어 신미양요 때 덕진돈대와
더불어 미국 아세아함대와 치열한 포격전을 치렀다. 당시의 덕진
진과 남장포대와 덕진돈대는 대부분 파괴되어 공조루의 홍예문만
남았다가 돈대와 성곽, 그리고 공조루가 1976년에 복원되었다.

　덕진돈대는 정방형의 돈대로 2미터 높이다. 이곳에 올라 바라보
니 사방이 시원하게 트여 있어 막힘이 없다. 건너편을 바라보니 김
포의 덕포진이 보인다. 적들이 침공하면 덕진진은 덕포진과 더불
어 손돌목 좁은 해협을 사이에 두고 협공작전을 펴기에는 최적의
장소일 것으로 보여 선인들의 혜안에 감탄이 들었다.

　초지대교가 바로 눈앞으로 보인다. 돈대를 따라 돌아 아래 강으
로 조금 내려서니 대원군이 세운 경고비다. 내용은 '海門防守他國
船愼勿過(해문방수타국선신물과)'라 쓰
여있다. 즉, '바다의 길을 막고 지켜서,
다른 나라의 배 통과를 허락지 말아라'
라는 경고의 글이다.
　경고비를 지나 초지진으로 향한다.
초지진이 목적지라 발걸음이 빨라진
다. 강화도 99칸 가옥 학사재를 지나
덕진교를 건너고 다시 바닷길로 접어
든다. 낚시꾼들이 길을 막고 망둥어

외국 배는 들어지 말라는 경고비

초지진에서 바라본 대명항

초지진의 초지돈대

낚시를 하니 길이 좁다.

초지항에 들어섰다. 사람들로 북적이던 거리는 썰렁하다. 건너편 대명항에는 조어를 나가지 않은 배들이 항구에 묶여 있어 쓸쓸하다.

큰 소나무가 초지돈대를 지키고 있어 가까이 갔다. 강화유수 홍중보가 1656년에 초지진을 설치할 때 심었다 하니 이 소나무는 처음부터 초지진의 풍상을 지켜봤을 터다. 신미양요 때 포를 맞은 흔적이 남아 있어 한참을 들여다본다.

허물어져 돈대(墩臺)의 터와 성의 기초만 남아 있던 초지진은 돈대를 복원하였으나 진사(鎭舍)는 복원을 하지 못했다. 초지진이 있었을 것으로 추정되는 자리에 이미 각종 시설이 들어서 있어서 축조 당시의 모습을 찾아볼 수 없게 된 것이 안타깝다.

강화대교 아래 갑곶돈대부터 초지대교 아래 초지진까지 돈대와 보와 진을 둘러보는 17km의 호국돈대길을 마쳤다. 출발할 때의 맑고 투명하던 하늘은 초지진에 이르러 내 마음을 아는 것처럼 어두워졌다.

삼국시대와 고려, 조선을 거치는 동안 우리의 역사를 목도하며 증언하는 강화도의 동쪽 호국돈대길이다. 밀물과 썰물의 편차가 심한 염하강처럼 굴곡진 우리의 역사가 다시 되풀이 되면 안 된다는 생각을 해본다. 강화(江華)가 '강 아래의 아름다운 고을'이란 이름처럼 항상 평화롭고 아름다웠으면 좋겠다.

상처 위에 피어난 평화의 길 위에 서서

– 강원 철원 노동당사, 소이산 생태숲, 도피안사 트래킹

- **출발지 주소** 강원특별자치도 철원군 철원읍 금강산로 265 노동당사
- **걷는 거리** 10km
- **소요시간** 5시간
- **걷기 포인트** 노동당사, 소이산 정상에서 보는 철원평야, 궁예의 꿈이 서린 동주산성과 도피안사를 둘러보는 길
- **난이도** 중
- **걷는 구간** 노동당사~소이산 생태숲 녹색길~동주산성~도피안사

소이산에서 바라본 철원평야

상허 이태준의 자취를 따라 철원과 인연을 맺은 지 이십여 년이 흘렀다. 그때는 지금처럼 쉽게 들어가지 못하고 군의 허락을 받아서 이태준 생가와 노동당사를 살펴볼 수 있었다.

이태준 생가 터는 깨진 기왓장 파편만 이리저리 흩어져 황폐했고, 총탄 자국으로 가득한 노동당사는 민족의 슬픈 모습을 자연스레 오버랩시켜 마음이 먹먹했었다.

그때 이후 한동안 못 가다가 몇 년 전부터 매해 두세 번씩 벌써 십수 번 들렀다.

오늘의 여정은 노동당사를 출발해 지뢰밭을 꽃길로 단장한 한여울길 5코스인 '소이산 생태숲 녹색길'과 궁예의 꿈이 서린 동주산성을 지나 국보 63호 비로자나불을 모신 도피안사를 둘러본다.

노동당사, 전쟁의 상흔을 마주하다

노동당사 앞에 섰다. 앙상한 건물 마디마디의 깊게 파인 상처는 한국전쟁으로 수없이 많은 귀중한 생명들이 스러져 갔음을 보여준다. 반세기 넘는 세월을 거슬러 노동당사는 여전히 그 자리에 서 있다. 건물에 덧댄 철골 구조물은 사라질 듯 사라지지 않고, 허물어질 듯 허물어지지 않은 채 역사의 무게를 껴안고 박제되어 서 있다.

누군가의 삶이 스러지고, 누군가의 외침이 묻혀버린 자리에 남은 이 건물은, 그저 무심한 풍경이기를 거부하고 있다.

남북 분단의 상징인 철원 노동당사

하늘은 맑고 푸르러서 호수가 되었다. 내 시선은 호수 위를 쉼 없이 내달린다. 너무도 명징해서 손이라도 살짝 댈라치면 호수가 산산이 흩어질까 조심스럽다. 하얀 솜털구름이 보송보송하다. 막 물들 준비를 하는 나무와 산들거리는 바람에 코스모스가 가을의 시작을 알린다.

노동당사를 떠나 1km쯤 걸어서 소이산 지뢰꽃길 앞에 섰다. 코스모스와 구절초가 객을 맞이한다. 가시철망을 비집고 고개를 살짝 내민 마른 산수국은 이곳이 지뢰의 땅임을 잊게 만든다. 그러나 철망 곳곳에 걸린 '지뢰조심' 푯말이 나를 긴장시킨다.

숲은 사람이 거치지 않은 원시

지뢰조심 푯말

림으로 무성했다. 길을 따라 줄느런한 철조망은 평화와 생명의 시 무대가 되었다. 오늘이 시낭송회 하는 날인가 보다. 꽃길에 걸린 '제5회 소이산 지뢰꽃길 시낭송회' 현수막이 눈에 들어왔다. 벌써 이 길이 개통한 지가 5년이 되어간다.

지뢰꽃길 철조망 너머로 평야가 민간인 통제구역이다. 허가받은 지역 주민들만 들어가서 농사를 짓는 곳이다.

너른 철원평야가 시선을 무한대로 확장한다. 평야가 넓게 북으로 이어졌다. 인가가 보이지 않아 쓸쓸한 기분을 들게 한다. 평야를 지나 더 들어가면 북한 땅이다. 철원평야의 공간을 넘어 공허하게 웅웅 울리는 알아듣지 못하는 대남방송 소리가 이곳이 첨예한 곳임을 깨닫게 한다.

옛 부대가 있던 네모난 틀 모양 담벼락에 낀 이끼의 두께가 지나온 시간을 말한다. 그 위를 가로지르는 넝쿨은 하늘을 향해 머리를 뻗었다. 소이산 생태숲길의 일부인 푹신하고 편안한 지뢰꽃길을 지나 정상을 향했다. 지금까지와는 다른 시멘트 포장길을 가파르게 올랐다. 숲을 벗어난 길은 더웠다. 여름의 뒤끝은 배낭을 멘 등짝을 땀으로 차게 했다.

전쟁의 아픈 상흔이 서린 새우젓고개에서

—

소이산 정상이다. 고려시대부터 봉수대가 있던 자리로 봉수대

소이산 지뢰꽃길의 시작

새우젓고개의 수도국지

전망대가 있다. 이곳에서는 탁 트인 철원평야와 멀리 북한의 모습이 손에 잡힐 듯 가까이 보인다. 멀리 김일성고지, 백마고지, 아이스크림고지에는 무수한 꽃 같은 생명들이 묻혔다.

이 일대를 두고 남과 북이 서로 조금이나마 더 차지하기 위해 치열하게 싸웠던 곳이다. 넓은 평야라 모든 게 일목요연하여서 전투하기가 훨씬 어렵고 힘들었을 것임을 짐작할 수 있다.

산을 내려와 삼거리에서 우측으로 틀어 새우젓고개로 향했다. 새우젓 장수가 용담에서 철원읍에 새우젓을 지게에 지고 팔러 가다가 이 고개에서 쉬어갔다고 해서 새우젓고개란 이름이 생겼다. 6.25 때는 피난민들이 몰살당했던 비운의 역사가 서린 곳이기도 하다. 전쟁에 철원 곳곳, 전국 어디에나 슬프지 않은 곳이 어디 있을까마는 마음이 아프다.

새우젓고개에는 수도국지의 상수도 건축물도 일부 남아 있다. 당시 강원도 유일하게 500가구 2,500명에게 물을 공급했다니 이곳이 상당히 번창했었음을 증명한다.

새우젓고개를 넘어 계속 진행하면 이태준 생가인 용담과 백마고지로 향하는 길이다. 고개 위에서 좌측으로 산길로 길을 잡았다. 여기가 두 번째 길인 동주산성을 지나가는 '천년역사 녹색길'이다.

동주산성, 도피안사, 성·속의 경계에서

산성 터를 오르는 길은 가파르다. 6.25 전쟁 때 치열한 전투로 인해 성의 모습은 흔적만 조금 남아 있지만 궁예가 태봉을 세우고 승승장구할 때 만들어진 성이다. 후삼국의 중심지로서 철원의 존재가 이곳에 있었지만 한쪽 허물어진 조그마한 성벽만이 옛 영화를 그리게 할 뿐이다.

동주산성 터를 지나니 평탄한 숲길이다. 예전 이곳이 군사훈련장이었음을 나타내주는 구조물이 계속 있었다. 첨예한 남북 상황을 되새김질하는 길이었다. 길을 걷는 내내 안내표식 하나 제대로 된 것이 없어서 아름다운 길임에도 불편하다. 길을 만들었으면 관리도 잘 해야 한다. 아름다운 길이 사람이 다니지 않고 풀숲으로 변하는 것 같아서 안타깝다.

길은 노랑꽃, 보라색 꽃, 하얀 꽃 등 꽃들의 향연이었다. 사람이 다니지 않았기에 더 무성하고 귀한 꽃을 구경할 수가 있었다. 구경

도피안사 전경

에 심취해서 길을 잘못 들어 1km쯤 걸었던 길을 되돌아왔으나 행복한 길이었다.

산을 끼고 돌고 돌다보니 철원 향교에 도착했다. 철원 향교는 궁예가 태봉왕일 때 왕건이 살던 집터라고 한다. 향교는 문이 잠겨 있어서 들어설 수 없어서 밖으로만 보았다. 향교는 복원한 지 얼마 되지 않아서인지 예스럽지 않았다.

길 건너 조금만 더 가면 목적지 도피안사다. 잠시 쉬고는 서둘러 길을 재촉했다.

도피안사(到彼岸寺)에 도착했다. 이제껏 힘들게 걸어 피안의 땅에 들어선 것인가? 일주문을 지나 속세에서 피안의 세계로 들어섰다.

국보 63호인 비로자나불을 모신 대적광전 앞에 섰다. 단정한 얼굴 모습을 하고 참선을 하고 있는 모습이 친근하다.

절을 나와 일주문 앞에 섰다. 이제는 다시 속세로 나와야 한다. 일주문 하늘에 떠있는 구름이 내 속세 행을 반긴다. 시간을 보니 오후 네 시가 넘었다.

철제비로자나불

오늘은 평화롭고 아름다운 민통선 숲길을 걸었다. 남북이 대치하고 핵전쟁을 한다는 험한 말이 오고가는 현재의 상황이 겹친다. 지뢰꽃길을 걸으며, 광활한 철원평야 너머 북에서 들려오는 대남방송에도 평화로운 마음이 깨지지 않는 역설적인 경험을 하였다.

이제 점점 가을은 깊어가고 추운 겨울이 도래하겠지만 남과 북에는 따뜻한 봄이 오기를 기대하는 마음으로 철원 걷기를 마친다.

철원평야

11월
마음의 오지에서 길을 묻다

가을은 선운사에서 붉게 타오르다
– 전북 고창 선운사 답사

- **출발지 주소** 전북 고창군 아산면 삼인리 126 선운산 주차장
- **걷는 거리** 13km
- **소요시간** 6시간
- **걷기 포인트** 선운산 단풍을 맞이하는 코스
- **난이도** 중상
- **걷는 구간** 선운산 주차장~석상암~마이재~도솔산~참당암~천마봉~용문굴~도솔암
  ~선운사~선운산 주차장

선운사(禪雲寺)는 내 어릴 적 소풍길이었다

—

어린 시절 국민학교 때다. 아침부터 서둘렀다. 조잘조잘 까까머리 국민학생들은 학교에서부터 걸어서 선운사로 소풍을 갔다. 힘들게 고습제를 넘어 도솔암을 지나던 소풍길, 내게는 선운사가 그런 곳이다.

이제는 수시로 찾는 곳이지만 언제나 새롭다. 후두둑 져서 산산한 동백이 가득할 때 미당선생의 '선운사 동구'를 읊고, 여름 끝자락에 찾으면 서로를 그리워하다 끝내 붉게 꽃으로 핀 상사화(꽃무릇) 천지다. 그러다 이렇게 늦가을이면 형형색색 단풍이 마지막 가을을 붙잡고 있어 발걸음을 떼지 못하게 한다.

선운사는 진흥왕이 왕위를 내려놓고 설립했다고도 하고, 577년 백제 위덕왕 때 검단선사가 창건했다고 하는 두 가지 이야기가 전해진다. 전설에 선운사의 자리는 용이 살던 큰 못이었는데 검단선사가 용을 몰아내고 이 자리에 절을 세우니 바로 선운사다. 선운산은 선운사와 네 개의 암자인 석상암과 참당암, 도솔암, 동운암 등이 있다. 예전에는 89암자가 있었다 하니 그 규모를 가늠하기 어렵다.

아담하고 고아한 석상암

—

선운사 입구에서 우측 담장을 따라 석상암을 향했다. 가을 햇살

은 길섶 나무 위 단풍에 머무르며 단풍색을 더욱 붉게 물들였다. 지난밤 내린 비에 속절없이 떨어져 버린 낙엽이 길에 가득하다. 발에 밟히는 바스락거림이 속삭이듯 다정하다.

석상암(石床庵)에 도착했다. 절 옆으로 널찍하고 평평한 바위에서 유래한 이름인 석상암은 법당과 칠성각만 남아있는 작고 아담한 절이다. 법당 뒤로 붉은 단풍이 병풍을 두르듯 둘러있어 절이 소담하고 아름답다.

석상암을 나와 산을 오르기 시작했다. 색색이 물든 단풍을 눈에 담다 보니 웬만해선 성에 차지 않는다. 가을이, 단풍이 걸음을 붙잡아 짧은 거리 무척 더디다. 오르는 길은 가파르지 않으나 단풍이 가로막아 자꾸 시간을 붙잡았다.

수리봉에 오르다

—

마이재에 도착했다. 선운사 입구 담장을 끼고 출발해 1.4km를 올랐다. 40분이면 충분히 오를 이곳을 시간 반이 넘게 걸렸다.

색색이 물든 단풍에 마음을 뺏겨 하염없이 시간만 흘러갔다. 마이재 삼거리에서 우측으로 오르면 경수산이고 좌로 오르면 주봉인 선운산 수리봉(336m)이다. 독수리 모양의 형상이라서 수리봉인 이곳은 도솔산이라고도 부른다.

산에서 왼쪽으로 눈을 두면 선운사 경내가 한눈에 들어온다. 능선을 따라 걸으며 언뜻언뜻하던 선운사가 발아래 가깝게 다가온다. 오른쪽으로 눈을 돌리면 곰소만과 멀리 변산반도를 바라보는 재미가 쏠쏠하다. 맑을 때면 멀리 칠산 앞바다가 눈에 잡힐 듯 다가오겠지만 오늘은 가깝지가 않다. 옅은 안개에 가려 멀리로만 보

수리봉에서 바라본 선운사와 주변 산들

인다.

아버지를 따라다니던 참당암

—

　수리봉에서 포갠바위를 지나 참당암(懺堂庵)으로 향했다. 참당암에 다가설수록 다시 단풍이 짙어지기 시작한다. 마이재를 향하던 단풍이 수리봉을 넘어 이곳 참당암까지 따라왔다. 선운사 암자 중 가장 오래된 암자로 본디 대참사(大懺寺)라는 큰 절이었는데 지금은 선운사의 산내 암자로 되었다. 어릴 적 아버지를 따라 성묘를 다니며 들렀던 곳이다. 그때와는 많이 달라 부속건물도 늘고 더 많이 넓어져서 내가 기억하는 예전의 모습과는 다르다.

　참당암을 지나 연천마을, 심원으로 빠지는 길이 있다. 보은길이

참당암

라고 부르기도 하는데 이곳을 통해 검단선사의 배움을 받아 소금
을 배운 사람들이 보답하기 위해 매년 자신들이 만든 소금을 검단
선사에게 시주했다 해서 보은길이다. 지금도 매년 행사를 진행하
여 보은의 의미를 되살리고 있다.

도솔암 마애불 미소를 보다

—

소리재를 지나 낙조대와 천마봉으로 향했다. 천마봉을 먼저 보
고 다시 돌아와 용문굴을 보기로 했다. 천마봉에서 바라보는 도솔
암과 내원궁, 몽실몽실 구름을 이는 것처럼 피어오른 거대한 바위
군들은 마치 산수화를 그린 것같이 아름답다. 햇빛에 비친 마애불
의 미소가 여기서도 보이는 듯하여 벌써부터 몸이 바쁘다.

길을 되돌아 용문굴을 향했다. 용문굴은 검단선사에게 쫓겨나
못된 짓을 일삼던 용이 큰 바위를 뚫고 용이 도망갔다 하여 용문굴
이다. 예전부터 전설에 용문굴 벽이나 천장 구멍에 돌을 던져 넣으
면 처녀총각은 결혼을 하게 되고, 결혼한 사람은 아들을 낳는다는
전설이 있었다. 어린 나는 상관도 없이 그렇게 돌을 던졌다.
용문굴 반대편엔 햇빛과 어우러진 단풍이 묘한 조화를 이룬다.
아름답다. 선운사 단풍 중 용문굴에서 도솔암까지의 단풍은 내가
본 단풍 중 가장 아름답다. 형형색색 단풍은 절벽을 물들이며 그렇
게 도솔암 마애불 앞에 도착했다. 서산에 지는 해가 마애불 얼굴에

용문굴

비치자 만면에 가득 미소를 머금었다. 마애불 옆 108계단을 따라 올라가면 내원궁이다. 영험하다는 소문에 많은 사람들이 와서 부처님께 기도를 드리다보니 항상 붐빈다.

붉게 물든 도솔천에 가을을 실어보내다

도솔암을 지나 처음 출발했던 선운사로 향했다. 도솔천 위로 수많은 세월의 풍상을 지나온 나무들은 온몸으로 가을을 받아내고 있었다. 도솔천은 제 모습을 다하고 떨어져 내린 이파리를 보듬고 아래로 자꾸 흘러간다. 물에 비친 나무에 낙엽이 지나치다가 걸리면 또다시 단풍으로 잠시 살아났다 흘러간다. 게 중 한 잎은 작은 소용돌이를 만나 자꾸 제자리걸음이다.

도솔천을 따라 느런한 나무 가득한 단풍에 물색도 붉게 물들었다. 수많은 추객(秋客)들은 단풍에 취해 여러 포즈로 구애를 하나 단풍보다 예쁘지 않다. 가을은 이렇게 선운산을 물들였고 세상을 형형색색 물들여 갔다.

도솔암 마애불

도솔암

겨울 강을 따라 걷는 기억

– 경기 여주 남한강, 여강 트래킹

- **출발지 주소** 경기 여주시 점동면 도리길 150 도리노인회관
- **걷는 거리** 15km
- **소요시간** 6~7시간
- **걷기 포인트** 여강길 2코스를 따라가다 청미천에서 남한강을 타고 따라가며 여주 풍광 감상
- **난이도** 중
- **걷는 구간** 도리노인회관~새물머리 백조길~신선바위~청미천~삼합교~청미천~건장이마을~남한강변~대오마을~창남나루~남한강대교

남한강과 합류하는 청미천의 끝자락

여강길, 도리 마을회관을 출발하여 다시 도리 마을회관으로 돌아오는 길을 걷기로 했다. 십여 년 전 눈이 펑펑 내리던 여강길을 걷고는 여강에 깊이 매료되었다. 신륵사와 영릉 등 알려진 관광지도 많고 풍광도 아름답지만 진정한 여주의 아름다움을 알 수 있는 것은 여강길 걷기이다.

여주 사람들은 예로부터 관내를 휘돌아 흐르는 남한강을 일러 '검은 말(驪)을 닮은 강(江)'이란 뜻의 여강(驪江)이라 불렀다.

도리에서 시작된 발걸음

—

아침 10시, 도리 마을회관에 도착했다. 그제 내린 눈이 아직 녹지 않아서 온통 하얗다. 중군이봉으로 길을 잡으려 했으나 길이 빙판이어서 아이젠이 필요하다. 추운 날씨에 길이 꽁꽁 얼어버렸다. 중군이봉은 포기하고 남한강 강가로 이어지는 신선대로 향했다.

초겨울 맵찬 바람은 내 귓볼을 사정없이 에이게 한다. 손도 시려 자꾸 주머니에 손을 넣는다. 앙상한 논의 벼 그루터기는 희끗희끗 눈이 쌓여 더 쓸쓸하다. 중군이봉 오르는 길을 지나쳐 남한강변으로 갔다. 추운 날씨에 강도 시렸는지 물색이 더 시퍼렇다. 점점이 까만 물오리는 연신 머리를 조아리며 자맥질이다. 시퍼런 강 위 날개를 활짝 편 백조가 여유롭다. 그래서일까. 이곳 오백여 미터 짧은 남한강길이 새물머리 백조길이다. 길 위로 아직 녹지 않은 눈들이 햇볕에 더 하얗다.

남한강 강가의 갈대는 찬바람에 자꾸 고개를 숙이며 서로의 품
으로 부대낀다.

눈 쌓인 산길, 낙엽 위를 걷다

새물머리 백조길을 지나 신선대 오르는 길로 접어들었다. 아직
눈이 녹지 않은 산길이다. 낙엽은 길을 가득히 덮었고, 낙엽 위로
눈이 살짝 얹혀 있어 운치는 있지만 넘어질까봐 조심스럽다. 낙엽
의 부스럭거리는 소리에 나도 따라 노래를 부르고 있다. 길을 걷다
가 나도 모르게 흥얼거리는 자신을 발견할 때가 있다. 그때는 내가
길과 동화되는 시간이다. 오늘이 그렇다. 나무 사이로 비치는 남한
강과 산길 가득히 떨어진 낙엽을 밟으며 무성한 나무숲 사이로 걷

강아지풀 군락

는 길이 너무 좋다.

신선바위를 지났다. 남한강변을 곁에 두고 산 갓길을 오르내리며 2km를 걸어서 청미천에 도착했다.

청미천은 용인에서 발원하여 여주 남한강에 합류한다.

목적지를 가기 위해서는 청미천을 건너야 한다. 그런데 청미천을 건널 수단이 없다. 여강길 지도에 점선으로 표시되어 있어서 건널 수 있으리라 생각했다가 막상 와보니 이렇다. 양말을 벗고서 건널 수도 있겠으나 물이 너무 차다. 건너는 것을 포기하고 청미천 뚝방을 따라 올라가 삼합교를 건너기로 했다. 삼합교까지 3km를 걸어야 하니 청미천 건너편까지는 6km를 돌아야 한다.

청미천을 따라 걷는 동안 바람이 세차게 뺨을 스치며 몸에 와닿아 강바람은 더 추웠다. 군락을 이룬 강아지풀이 바람에 재잘대듯 흔들거린다.

뚝방을 따라 걷다가 천 옆으로 풀이 무성한 쓰지 않은 건물이 보인다. 바람도 피하고 점심을 해결하러 들어갔다. 일행 중 한명이 우리 모습이 마치 무장공비 갔다고 해 한참을 웃었다.

건장이마을을 지났다. 중군이봉으로 왔으면 만나는 마을이다. 오늘 걷는 길이 여강길 2코스이지만 완전히 다른 코스다. 새로운 길을 개척하는 기분이다.

삼합교를 지나 잠시 소머리고개를 지나 개치나루터 방향으로 갈까 고민하다가 예정대로 청미천 뚝방을 따라 다시 내려가 남한강을 돌기로 하고 계속 걷는다. 새로 길을 내는지 분 단위로 흙을 가득 실은 트럭들이 왔다 갔다를 반복한다. 큰 트럭을 피해 옆으로 걸으며 한참을 가니 트럭은 마을 쪽으로 들어가 생각대로 새로운 길을 만들기 위해 흙을 하차하고 있다. 남한강 쪽으로 관광용 길을 내는 모양이다.

뚝방길이 끝났다. 뚝방길과 이어서 산자락을 무너뜨려 길을 연결시키는 공사 중이다. 길 위로 울퉁불퉁 큰 바위들이 널부러져 있다. 길을 만들고자 큰 바위를 폭파시킨 모양이다. 옹색한 길을 지나니 남한강과 만나는 다시 청미천 끝자락이다. 아까 여기를 건넜으면 청미천 뚝방을 우회하지 않았을 것이지만 우회를 한 것이 더 좋았다.

남한강, 섬강이 합류해 수상교통의 요충지가 되고

—

청미천을 뒤로 두고 계속 남한강변을 따라 걷는다. 강 건너 흥원창 터가 보이고 섬강이 보인다. 강원도 정선 아우라지에서 출발하여 서북으로 흐르는 남한강과 원주를 지나 서남으로 흐르는 섬강이 합류되는 부근에 있는 수상교통의 요충지이니 흥원창이 있는 것이다.

흥원창은 고려시대와 조선시대에 곡식을 보관하던 국가의 창고다. 각지에서 거둬들인 세곡을 수납, 보관하였다가 일정한 기일 안에 경창(서울에 있는 조창)으로 운송하는 역할을 하였다.

강 건너 흥원창을 보면서 창남나루에 도착했다. 더 이상 남한강을 따라 가는 길은 막혔고 산길로 이어져 있다. 청미천을 지나 남한강으로 길을 만드는 것을 보니 머지않아 이곳도 곧 길이 연결될 것이란 생각이 든다.

대오마을을 지나 창남나루에서부터 남한강대교 방향으로 산을 넘어야 한다. 길이 가파르다. 낙엽에 쌓여 길이 보이지 않아서 다시 조심히 걸었다. 많이 가파르고 위험하다. 길 옆으로는 강으로 이어지는 낭떠러지다. 추워서 껴입은 두꺼운 옷 속으로 땀이 비 오듯 한다. 가파른 길이 한동안 이어졌다. 까마득히 보이는 남한강 위에서는 어른 네 명이 〈흐르는 강물처럼〉의 로버트레드포드처럼 견지낚시를 하고 있다. 한동안 그 모습에 취해 보다가 다시 길을 이었다.

    산 정상을 넘으니 남한강이 멀리 보이고 남한강대교를 너머 끝없이 이어저 장관이다. 잠시 땀을 식히고는 길을 재촉했다. 곧 어두워질 텐데 하늘마저 검다. 곧 한바탕 비가 쏟아진다는 예보에 마음은 급한데 위험한 길이라 발걸음은 더디기만 하다. 줄을 잡고 나무에 의지하며 내려오니 다시 남한강 강둑이다. 지도상을 보니 이곳은 충청도 단성면이다. 멀리 남한강대교가 보이고 강 건너 원주시 부론면이 보인다. 이 지역이 강원도와 경기도, 충청도 삼도가 붙어 있어 경계가 모호하다. 원점회귀하려 했지만 시간을 너무 지나 택시를 타고 도리마을회관으로 가기로 했다.

흥원창터에서 바라본 자산

　남한강의 또 다른 이름인 여강길을 걷다보니 예전에 걸었던 충주의 비내길과 목계나루가 그려졌다. 수많은 배들이 남한강 위를 왕복하고, 강원도에서 떼꾼들이 뗏목 가득히 묶고 서울로 향하는 모습이 눈에 보이는 듯 선하다. 지나간 명멸한 수많은 시간이 남한강 위에 머물며 나의 시선을 잡고 있었다.

12월
이 넉넉한 쓸쓸함을 걷는다는 건

임진강 적벽길을 걷다
– 경기 연천 평화누리길 11코스 트래킹

- **출발지 주소** 경기 연천군 미산면 숭의전로 382-27 숭의전
- **걷는 거리** 15km
- **소요시간** 4시간
- **걷기 포인트** 숭의전을 출발해 고구려의 유적과 임진강 적벽길을 보며 걷는 길
- **난이도** 중상
- **걷는 구간** 숭의전 당포성~동이리 임진강 적벽길~새롬랜드~고성산 보루~허브빌리지성

길을 걷다보면 오랜 세월 같은 자리에서 변화해 가는 과거와 현재를 고스란히 만난다. 오늘 만나는 임진강에는 명멸했던 우리의 역사를 만나게 된다. 고구려와 백제, 신라를 만나고 고려왕조의 마지막도 만나게 된다. 길에서 만나게 될 역사와 그 시대를 살아간 우리의 선조들은 과연 무슨 이야기를 할 것인가.

숭의전, 고려의 왕을 모신 사당

—

숭의전에 도착했다. 몇 겹으로 껴 입었지만 차가운 아침 공기가 옷 속을 파고든다. 손이 시리고 춥다. 어수정(御水井)에서 물 한 모금을 들이킨다. 고려 태조 왕건이 궁예의 신하로 있을 때 철원과 개성을 오가는 중간지점인 이곳에서 쉬어가면서 물을 마셨다고 해서 어수정이다.

어수정을 돌아 등지고 오르니 숭의전이다. 아미산 끝자락 잠두봉 밑 임진강을 바라보고 서 있는 고려 왕조의 묘전(廟殿)이다. 원래 이곳은 고려의 원찰인 앙암사(仰巖寺) 터였는데 고려를 멸망시킨 조선 태조가 이곳에 고려의 왕을 모신 사당을 짓게 해서 숭의전이 세워졌다. 고려의 7왕을 모셔 와 제사 지내다가 문종 대에 들어와서 조선의 종묘에 5왕을 모시는데 고려조 묘전에 7왕을 모시는 것은 합당하지 않다 하여 고려의 태조 왕건을 비롯한 4왕과 고려 신하 16위를 모신 사당이 되어 지금까지 전해오고 있다.

예전에는 이보다 훨씬 큰 규모였지만 한국전쟁으로 다 타버리

숭의전

고 1970년에 다시 지었다 한다. 너무 이른 탓일까. 숭의전 문이 잠겨 있다. 10시부터 관람이 된다고 하니 숭의전 문이 열리기를 30분을 더 기다렸다.

잠두봉, 고려왕조의 영화와 쇠락이 담긴 곳

숭의전 관람을 마치고 잠두봉(蠶頭峯)에 올랐다. 잠두봉은 강 건너에서 보면 마치 누에가 누워 있는 모습이어서 잠두봉이다. 임진강을 내려다보니 절벽 아래 강에 가라앉은 썩은소[쇠]를 맨 돌로 된 배가 보이는 듯하다. 절벽을 내려다보니 추풍낙엽처럼 몸을 던진 사비의 낙화암과 무슨 상관이 있을까마는 낙화암이 떠오른다. 잠두봉 수직 절벽에 새겨진 마전군수 한문홍의 칠언절구 중작숭의전(重作崇義殿) 한 수가 옛 왕조의 영화와 쇠락을 이야기한다.

麗祖祠宮 四百秋
숭의전을 지은 지 4백년이 되었네

誰教木石 更新修
누가 돌과 나무를 들여 수리하라 했는가

江山豈識 興亡限
강산이 어찌 흥망의 한을 알아줄까

依舊蠶頭 出碧流
잠두봉은 변함이 없는데 푸른 강물은 흘러만 간다

往歲傷心 滿月秋
지난 세월에 마음이 아프지만 가을밤 만월은 변함이 없네

如今僑郡 廟宮修
이제 이 고을 군수가 되어 묘궁을 수리하였다

聖朝更乞 麗性石
조선은 사당을 지어 고려왕들의 제사를 지내도록 했으니

留興澄波 萬古流
숭의전은 징파강(임진강의 딴 이름)과 함께 길이길이 이어지리라

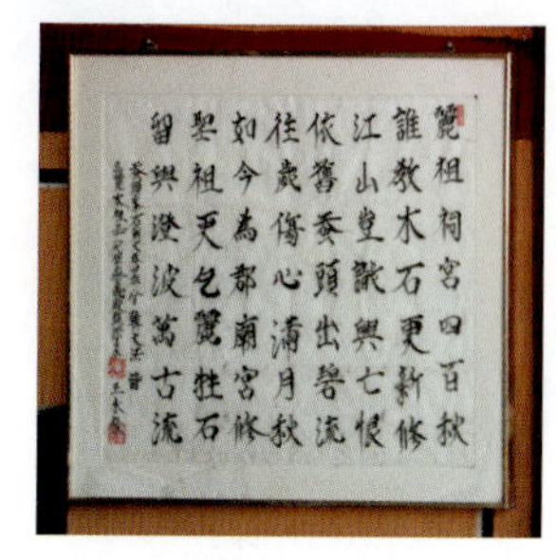

한문홍이 쓴 칠언절구

잠두봉 능선을 따라 길을 진행한다. 높지 않은 가벼운 아미산 끝 능선이지만 벌써부터 땀이 등에 서린다. 잠두봉 능선을 따라 700미터를 진행하여 초대 숭의전사(崇義殿使) 왕순례의 묘에 이르

초대 숭의전주 왕순례 묘

렀다.

조선은 후환을 없애기 위해 망한 고려의 뿌리를 뽑아야 했다. 왕씨들을 배에 태워 물에 수장시키고 씨를 말렸다. 살아남은 사람들은 성을 바꾸고 깊이 숨어 들어가 목숨을 부지했다. 그 중 일부가 충청도 공주로 숨어들었다. 문종 조에 들어와 멸족을 풀고 왕씨를 숭의전사로 삼으니 초대 숭의전사가 바로 왕순례다.

당포성, 고구려, 백제, 신라의 격전지

당포성을 지나 임진강 적벽길로 진입하기까지 3.5km는 차도이기에 버스를 타고 지나쳤다.

당포성을 지나치며 예전의 기억이 떠오른다. 그때는 임진강에서 걷기를 시작하여 당포성을 들러 숭의전까지 걸었다. 오랜만에 지나치는 멀리 당포성 성곽 위로 외로운 나무는 여전히 의연하다.

이 당포성 지역은 고구려와 백제, 신라, 삼국의 중요 격전지로 천혜의 방어막인 적벽을 이용하여 성곽을 쌓고 적을 방비했는데 당포성이 그러하다. 수심이 낮아 걸어서 강을 건널 수 있는 낮은 지역은 군사적 용도의 성들이 발달하게 되었는데 당포성이나 호루고

임진강 주상절리 적벽

루성, 은대리성 등 연천 지역의 고구려 세 성이 이러한 용도의 성이다.

당포성에서 3.5km 강을 따라 오르면 한탄강과 만나는 합수머리다. 합수머리에서 임진강을 따라 동이리 주상절리 적벽이 시작된다

임진강, 우리의 슬픈 역사를 강물에 흘러보내며

동이리 임진강 적벽길 입구에서 멈춰 섰다. 임진강이다. 장관이다. 길게 끝이 안 보이게 건너편 주상절리 적벽이 이어져 온다. 동

도도히 흐르는 임진강

에서 흘러 내려오는 임진강이 추운 날씨에 더 푸르다. 강물은 많이 낮아져 강 가장자리에 간혹 물의 흔적을 내보인다.

임진강은 우리의 슬픈 역사를 강물에 흘러보내고 있다. 고구려, 백제, 신라 삼국의 쟁패가 걸린 곳이며, 선조가 왜를 피해 강을 건너야 했던 수모의 역사를 간직한 곳이고, 피어린 한국전쟁의 수많은 상처를 간직한 곳이기도 하다.

수많은 이야기를 간직한 임진강은 북한 땅 함경남도 마식령에서 시작하여 동서를 가로지르며 내려온 강 수면은 잔잔히 넘실대며 어지러운 은빛으로 반짝이며 재잘거린다. 사연 깊은 이야기를 품은 강은 육백 리를 달려와 제 이야기를 듣느라 반질해진 돌들을 토해내고, 다시 길을 재촉한다. 서(西)로 흐르다 교하에서 한강과 만나 황해(黃海)로 빠져나간다.

임진강을 따라 이어진 적벽은 높이가 20~25미터다. 2.5km에 걸쳐 견고한 성벽처럼 길게 펼쳐진 주상절리대다. 적벽과 강물에 취해 강가로 내려섰다. 바닥엔 강이 토해낸 반질반질한 돌들이 가득하다. 조심조심 돌을 밟으며 잠시 걷다가 뚝 위로 올라 길을 계속 걸었다.

협곡을 끼고 높이가 20미터가 넘는 길게 늘어선 강 건너 적벽이 견고한 성처럼 웅장하고 장엄하다. 강 따라 주상절리를 보며 한동안 걸었다. 자연병풍과도 같은 임진강 주상절리는 자연이 만들어 낸 최고의 모습이다

자연이 주는 최고의 선물인 적벽길이 끝나고 황공천 앞 사람만이 건널 수 있는 인도교를 만났다. 다리를 건너 다시 뚝방길을 길게 따라 걷는다. 여러 조형물들이 꾸며져 있는 공원이 보인다. 임진물새롬랜드다. 이곳은 하수종말처리장이라는데 이렇듯 멋지게 만들었다. 평화누리길 테마카페 등이 보인다. 가족단위로 와서 쉬었다 가면 참 좋게 꾸며져 있다. 새롬랜드가 끝나고 임진대교를 지나쳐 1km를 걸어 무등리 보루숲길 앞에 도달했다.

숭의전부터 내내 이어오던 평탄한 길이 끝나고 낡은 철계단을 밟고 오르면서 보루길이 시작되었다. 가파르게 오른다. 등에 땀이 가득해서 웃옷을 벗었다. 발걸음을 옮길 때 치이는 돌 하나도 예사로 보이지 않는다. 500미터를 더 가니 무등2리 보루의 흔적이 보인다. 보루는 적군을 막거나 공격하기 위해 흙과 돌로 튼튼하게 쌓아놓은 고구려의 진지다. 약 1백 명이 주둔하는 규모가 작은 성이

다. 잠시 목을 축이며 주변을 둘러본다. 임진강을 앞에 두고 적들을 방비할 수 있고 강위에서 사방을 조망할 수 있는 천혜의 군사시설이다.

다시 길을 이었다. 몇 개의 작은 산들을 오르내리며 2.5km의 숲길을 걸었다. 오후로 접어들며 날이 풀렸다. 겉옷이 거추장스러워 배낭에 구겨 넣었다. 작은 산을 오르내리다 보니 숨이 가쁘고 등에 땀이 가득해서 덥다. 잠시 쉴라치면 다시 추워져 재빨리 다시 걷곤 하면서 앞으로 나아간다. 무등리 보루에서 이어온 길을 따라 2.5km를 한 시간 걸려 도착한 곳은 고성산 보루다. 약 150미터의 높지 않은 정상이다. 고성산 보루는 꼭대기를 둘러 목책이 둘러있다. 돌무더기가 쌓여 있고 울타리가 있기에 보루로 생각되지 아무것도 없다면 그냥 돌무더기로 생각할 만큼 허술하다. 이곳이 봉수

대였다고도 하니 예전 일대가 군사지역으로 중요한 지역이었음을
짐작케 한다.

급격한 내리막이다. 낙엽이 길 위로 살짝 덥혀 있어서 발 딛기를
조심하며 길을 내려갔다. 한참 내려가다 보니 뒤따르는 이들이 안
보인다. 30여 분을 기다리니 멀리서 후미가 보인다. 길을 잘못 들
어 잠시 헤매다가 온다고 그런다. 항상 곁길이 많은 산길에서는 표
식을 잘 보고 걸어야 한다. 자칫 한눈을 팔면 길을 잘못 들게 된다.

1km를 더 가니 허브빌리지다. 날이 벌
써 어두워진다. 중간에 너무 해찰한 모양
이다. 멋진 허브빌리지이지만 나중에 다
시 한번 와보기로 하고 버스를 탔다.

허브빌리지 가는 길

숭의전에서 출발하여 임진 적벽길과 고
구려의 보루길을 15km를 걸었다.

숭의전에서 패망한 왕조의 슬픔을 보았다. 임진강을 생각하면
다른 강들과 다르게 한이 느껴진다. 선조가 백성을 버리고 배를 타
고 밤중 월강할 때의 비참함과 한국전쟁의 비극을 떠올리게 한다.
이런 슬픔이 오면 안 된다. 지금도 오싹한 전쟁이야기가 뉴스를 장
식한다. 마치 곧 핵전쟁이라도 날 것 같다. 이 길을 걸으며 역사를
다시 생각해본다.

백제의 성을 걸으며 역사의 길을 헤아리다

– 대전 계족산성 일대 트래킹

- **출발지 주소** 대전 대덕구 장동 464-1
- **걷는 거리** 9.5km
- **소요시간** 4시간
- **걷기 포인트** 계족산 황톳길과 계족산성을 더불어 살펴보는 길
- **난이도** 중상
- **걷는 구간** 장동삼림욕장 입구~산성북벽~서문 터~남문~성재산~계족산 황톳길 일부~장동삼림욕장 입구

걸으며 만나는 모든 것들에 언제나 감사하다. 선인들의 체취와 흔적을 느끼며, 때론 대화하고, 때론 사색하며 걷는 보행이 즐겁고 행복하기 때문이다. 유구한 시간을 유유히 흐르는 금강을 바라보며 오연히 서 있는 산성을 둘러보기 위해 계족산에 올랐다.

산줄기의 모양이 닭발 모양으로 펼쳐 있어 계족산(鷄足山)이라 불린다. 계족산성(鷄足山城)은 신라와 최전선을 마주한 백제의 산성이다.

백제의 수도 웅진과 사비가 이곳에서 아주 가까이에 위치해서 아주 중요한 요지인 셈이다.

경기 북부 연천의 고구려 옛 성들을 찾아 나서던 때의 기억이 이곳 계족산성에서 쫄깃한 기대감을 불러일으킨다. 역사를 재구성해 보고 추론해 보는 것은 언제나 묘한 긴장감을 갖게 한다. 백제와 신라의 치열했던 천오백 년 전의 시간이 시공을 초월해 가슴 뜨겁게 내게로 다가온다.

황톳길의 시작

계족산 장동삼림욕장 입구에 도착했다. 늦가을 겨울로 접어드는 날씨는 맵차다.

장동삼림욕장을 지나자 시작되는 황톳길은 계족산 허리를 한 바퀴 도는 임도 14.5km에 폭 1미터로 놓여있다.

긴 장대 톱으로 임도 위 부러질 위험이 있는 마른 나뭇가지를 베

장동산림욕장의 장동천

어내는 관리하시는 분이 힘에 겨워 보인다. 날도 추운데 수고하신
다는 인사말을 건넨다. 황토를 채우는 분들도 보인다. 날이 풀리면
황톳길을 맨발로 걷는 사람이 많은데 이렇게 아무 탈 없이 걷고 즐
길 수 있게 해준 사람들의 수고가 마음으로 느껴진다.

한적한 길은 시간이 흐르자 점점 사람들로 채워지고 있고, 때맞
춰 지저귀는 새소리에 길은 활력이 깃들기 시작한다. 이곳을 맨발
로 걷는 것은 날 풀리는 봄에 밟기로 하고 유서 깊은 계족산
성으로 향한다. 차가운 기온에 몸을 추스르고 옷깃을 곧추 여
민다.

계족산 황톳길

계족산성, 신라와 맞섰던 백제 최후의 보루

—

낙엽송 사이로 보이는 하늘색은 호수와 닮았다. 황톳길에서 호기롭게 등산로로 접어들었다. 이마에 땀이 맺히고 숨이 가쁘게 차올라 껴입은 겉옷을 벗었다. 산성의 북벽이 보이기 시작한다. 산 정상을 둘러싸고 우뚝 자리한 산성이 하늘의 파란색과 대비되어 유난히 하얗게 눈이 부시다. 새로 복원된 성이라 석축이 깨끗하고 하얗게 보인 탓이다.

성곽의 북벽을 마주하고 좌측 동문 터로 가는 길은 보수중이어서 출입이 금지되었다. 오른편 성곽을 따라 서문 터로 향했다. 이어져 있는 성곽이 장엄하다. 산의 꼭대기를 두르고 있기에 더 위용이 커 보이고 압도한다. 아마도 성을 위로 높이 바라보기에 더욱 그러해 보인 탓이리라. 서문 터를 지나니 성곽으로 오를 수 있게 계단이 있다. 성이 꽤 높아 밑을 보니 아찔하다. 높이가 7미터로 사람이 가장 두려워하는 높이다.

산성에 올라보니 서쪽이 높고 동쪽이 낮은 성의 형태다. 성의 가장 높은 위치인 서문 쪽으로 올라 둘러본다.

계족산성.
서문 성밖에서 바라본 풍경

어디를 봐도 막힘이 없이 트여서 시야가 사방으로 수십 리를 달린
다. 발아래 금강을 품은 대청호와 첩첩이 잇닿은 연봉(連峯)이 옅은
운무에 실루엣으로 보이는 신비로운 광경을 연출한다. 참으로 장
관이다. 저 첩첩한 산과 강에 나룻배 한 척과 고기 잡는 어옹이 들
어있다면 그대로 한 폭의 진경산수화다.

　계족산성에는 동문과 서문, 남문이 있고 6개의 건물터가 존재하
며 2개의 우물터가 있으며 남문 터에서 옆 북쪽 봉우리에 봉수대와

집수지의 터가 있다. 붕괴되고 유실된 산성의 복원사업이 지금도 진행되고 있어 완성되면 어떤 모습일까 궁금해진다.

서문을 돌아 동북 방향의 곡성을 둘러보고 성안의 산 능선을 따라 남문으로 향했다. 남문 봉수대 맞은편엔 금강을 담은 대청호를 한눈에 바라볼 수 있게 조망권이 가장 좋다. 한참을 이곳에 머무르면서 옛 백제와 신라의 대치를 살펴본다.

계족산성에서 바라본 대청호와 산들

허물어진 옛 계족산성

계족산성은 신라와 마주했던 백제의 옹산성(甕山城)으로 가장 높은 곳에서 한눈에 조망하고 지휘할 수 있어 주변의 뭇 성들의 대장성의 역할을 했을 것으로 보인다. 견두산성, 이현동산성, 장동산성 등 뭇 성(城)과 보(堡) 20여 곳이 일정한 진(陣)을 이루며 계족산성을 중심으로 호위하듯 둘러서 있다.

대장성의 지휘 아래 신라군을 맞이하여 군성진(群城陣)을 펼치는 모습을 상상해본다. 모든 성들이 옛 모습을 찾는다면 참으로 장관일 듯하다.

백제 멸망 후 나라의 부흥을 열망했던 부흥군의 산성으로, 그리고 계명 세상을 추구했던 갑오 동학농민군의 산성으로 존재했던 역사의 옛 자취를 따라 한 걸음 한 걸음 산성을 밟는다. 천오백 년의 시간을 답성(踏城)으로 느껴본다.

부서진 옛 성벽을 잇대서 새로운 돌을 놓아 성을 보수하고 쌓은 모습을 보면서, 무너지면 성을 다시 쌓듯이 같은 자리에서 이어지는 역사를 눈과 마음으로 경험한다.

서문에서 바라본 계족산성

계족산성 남문을 나와 능선을 따라 성재산으로 향한다. 능선은 부드러운 낙엽이 가득해서 발걸음이 편하다. 이따금 마주치는 등산객들의 표정에서 휴일의 여유를 느낀다.

다시 황톳길로 접어들다

황톳길이 지나는 임도 삼거리로 내려왔다. 장동삼림욕장에서 황톳길을 따라 올라가다 바로 산성으로 올라서 성재산으로 내려오기에 황톳길은 짧게 4km만 걷게 된다.

성재산에서 내려온 산길은 임도를 만나 우측 반대 방향으로 길을 이었다. 아침 얼어있던 황토가 한낮을 지나자 녹아서 부드러워진다. 아직도 추운데 황톳길을 맨발로 걷는 사람을 만났다. 발가락 사이로 황토가 삐죽이 배어 나왔다. 내 발가락이라도 된 양 간질거린다. 맨발의 걷는 이를 바라보며 날도 추운데 대단하다는 덕담을 건넨다.

황톳길에는 색색으로 물든 가을의 흔적이 가득하다. 바싹 마른 낙엽이 실바람에도 어지럽게 휘날린다. 사각거리며 발걸음에 채인 낙엽은 이리저리 도망을 치다 뒹굴며 흩어진다. 그렇게 산산한 낙엽은 내 가슴에 쌓인다.

아직도 못내 가을을 보내기 싫은 숲속의 녀석들은 세상을 더 붉게 물들이려는 듯 더 짙다. 가슴 깊이 숨을 들이마시며 임도의 숲길과 호흡한다.

금강(錦江)을 바라보며

전라북도 장수의 뜬봉샘에서 시작한 금강은 충청도 양산을 지나 흐르고 흘러 대청호를 채우고 공주, 부여 곁을 지나 서해로 흘러나간다. 장구한 시간을 흐르는 동안 명멸했던 역사를 지켜보았을 터다. 그렇게 도도하게 굽이치며 흘러간 금강은 치열했던 백제와 신라의 1,500년 전의 시간과, 고려와 조선의 시간, 갑오년 동학의 시간을 품고 그렇게 흘러갔으리라.

산성 위에서 바라본 금강을 통해, 백척간두의 위기에서 나라를 지키기 위해 힘을 썼을 지난날 이 땅의 주인들의 시간이 내게 올올이 전해오는 듯하다. 때론 불편하기도 하고, 때론 잊고 싶기도 하겠지만 수수께끼를 풀어내듯 한 올 한 올 역사를 풀어보는 재미가 쏠쏠하다.

역사는 사라지거나 변하지 않고 금강처럼 도도하게 흐른다. 오늘의 역사는 어떻게 담아서 흘려보낼 것인가?

걷는 자의 기쁨

그 두 번째 이야기

글 · 사진 · 박성기
펴낸곳 · 마인드큐브
펴낸이 · 이상용
책임편집 · 맹한승
디자인 · 정태성(투에스북디자인)
기획 · 피뢰침

출판등록 · 제2018-000063호
이메일 · eclio21@naver.com
전화 · 031-945-8086 **팩스** · 031-945-8087

초판 1쇄 발행 · 2025년 10월 20일

ISBN 979-11-88434-95-4 (03800)
값 25,000원